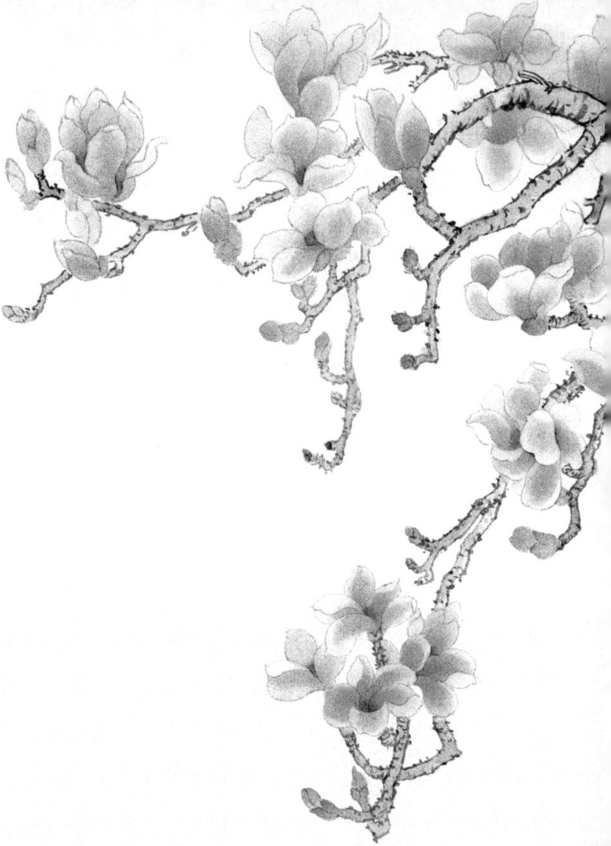

玛格丽特诗文集

玛 格 丽 特　著

奶奶冰心曾经说过，生命从八十岁开始。
我要像她一样，努力从现在开始学习写作。

学苑出版社

文字里开出思念的花。

目 录

第一辑
您永远是一朵自由行走的花 / 2
一封发自秋天的信 / 4
七月,我坐在一朵花里想你 / 6
为你,红尘舞翩跹 / 8
为你,绽放成时光深处的红颜 / 10
如果可以留住曾经 / 12
二月,盛开爱情 / 13
今日,我从远方踏水而来 / 15
从此,落入深深的思念里 / 17
你,是否能看见一朵孤独的美丽 / 19

第二辑
像花一样,开出自己喜欢的颜色 / 22
八十岁,依然做优雅的公主 / 24
冬天,请走得慢一点 / 27
冬季,雪花 / 29
只怕一不小心,踩疼了整个月色 / 31
借一壶时光慢煮咖啡 / 33
喜欢融入大自然的感觉 / 35
在骨子里沉淀一份风轻云淡 / 37

女人花 / 39

如果可以，我愿做一朵遗世的梅花 / 41

第三辑

将我的手，紧紧握入你的掌心 / 44

孤独，揉碎在今晚的月光里 / 46

天空中缀满鹅黄色的思念 / 48

心中，一棵洁白的相思树 / 50

悄悄，读你温柔的模样 / 52

悉尼，遇见你 / 54

思念，像一阕清词 / 56

想你，在这冬季 / 58

我在你的怀抱中花开似锦 / 60

我用真情种下一朵忘忧 / 62

第四辑

爱的邀请函 / 66

爱的花，盛开过，已足够 / 69

牵挂着，便是美丽 / 71

生命像一条澎湃的河 / 73

画下一个永不褪色的春天 / 76

相思扣 / 78

望着秋，一点点远去 / 80

等你，读我 / 82

等你，隔着一座思念的城 / 84

给自己一段柔软的时光 / 86

第五辑

美丽的故事是否会有完美的结局 / 90
让爱在冬季里绽放 / 92
请放手，让我远走高飞 / 94
远方，有我最爱的你 / 96
那花香，便是我 / 98
风的叹息，惊扰了我的安然无恙 / 100
我与你在一首诗里相凝 / 102
生命，风景 / 104
你，是否能读懂一朵落花的心事 / 105
浓浓的爱化作一杯透明的月光 / 107

第六辑

在文字里点燃姹紫嫣红 / 110
面向太阳，不问春暖花开 / 112
让爱在灵魂里栖息 / 114
生活因微笑而美丽 / 116
我在遥远的悉尼等你 / 118
为爱，我愿站成永恒的思念 / 120
寂寞笔尖下的一朵春红 / 122
懂你，是用心种下的美丽 / 124
天空中飘飞着紫色的花瓣雨 / 126
我心中的梦想，其实你懂得 / 128

第七辑

我的名字是谁一生的疼 / 132
在冬天里,预约春的阳光 / 134
陌上花开时,与你微笑着重逢 / 136
只为,能与你牵手在下一个雨季 / 138
想念,一层又一层看不见的涟漪 / 140
女人,印象 / 142
一别,再见何年 / 144
共赴一场爱的地久天长 / 146
我与你山水相遇 / 148
留在你身边的是否还是昨日的风景 / 150

第八辑

一朵花对另一朵花的微笑 / 154
绽放生命中朵朵馨香的永恒 / 157
等待,思念中属于我的那片风景 / 159
春光虽好,却不尽相思意 / 161
思念的声音,还在原地 / 163
一枚浅笑隽写在深秋处 / 165
用文字怀念曾经的梦想 / 167
让你住进我春暖花开的梦里 / 169
你是我掌心中不变的暖 / 171
是你,陪我走过人生的四季 / 173

第九辑

天边的彩虹 / 176

悉尼，飘雨 / 178

北京，我的家乡 / 180

我期待 / 183

我用掌心托起这份爱与暖 / 185

我依然是你胸口前那颗永远的朱砂痣 / 187

你没有牵起我的手，却在悄悄触碰我的心 / 189

今晚，我在雨中独自吟唱 / 191

回忆依旧残留昨日的余香 / 193

当时间把想念变成想起 / 195

第十辑

在逆境中学会优雅地起舞 / 198

我找到了那个爱我的人 / 200

朵朵花语铺成爱的诗行 / 202

母爱 / 204

思念的花开在岁月的枝头上 / 208

只为那某年某月的某一天 / 210

就让思念飘过整个秋季 / 212

等待，你许我的那一场春暖花开 / 214

我是否还是你心中燃烧的火焰 / 216

让我在你爱的肩膀上轻依 / 218

第十一辑

爱可以把冬天变得温暖,只要有真情在人间传递 / 222

你是我心中深藏的那份温暖 / 225

你是否可以选择再爱我一次 / 227

让我的心静静地睡在你的心上 / 229

下一个幸福讲述的依然是我和你 / 231

我把故事收藏在日落的黄昏 / 233

今晚,我正在静静把你思念 / 235

是否可以让我再做一次你的新娘 / 237

爱悄然盛开在春天里 / 240

爱是生命里永恒的一首歌 / 242

第十二辑

好想,做一朵盛开在你心中的白莲 / 246

上世纪那场最感人的分离 / 248

一支素笔留下岁月最美的见证 / 251

是否愿与我弹一曲千古绝唱 / 253

七月,幸福的味道 / 255

清明的雨,是我想您的眼泪 / 257

念 / 259

乡愁 / 261

正月十五思故乡 / 262

望秋 / 263

端午情 / 264

一颗红豆 / 265

第十三辑

六月，花开无言 / 268

风，轻吻着一朵梧桐花 / 270

你送的玫瑰，依然花开生香 / 272

完整的味道，给你 / 274

五月，送一朵康乃馨给你 / 276

从春天开始，到春天结束 / 278

三月，播种自己 / 280

二月，一纸风景 / 282

为你 / 284

秋声可曾老 / 285

端午，念 / 287

这次回来，再也不会让你走 / 288

我只能选择不会将你遗忘 / 290

爱，永远不会老去 / 292

夕阳 / 294

第十四辑

故乡，遗失的蓝天 / 296

文字里开出思念的花 / 298

做一个淡泊的女子 / 299

等待一场雨 / 301

思念的距离 / 303

二月的梦 / 304

岁月，轻藏 / 306

刹那芳华，一世美丽 / 308

在冬的深处，妥帖着安然 / 310

玫瑰花香沁书房 / 312

七夕 / 314

玉兰花 / 316

陪伴奶奶最后的日子里 / 317

跋 为女儿诗集点赞 / 321

第一辑

您永远是一朵自由行走的花

——贺韩美林大师八十寿辰

今天是您的生辰

天空中飘着片片雪花

遥远的牵挂染白了记忆

给这个冬日披上一层思念的薄纱

从年少的山东

到暮年的京华

您曾经历多少磨难

又饱受多少挣扎

您的洒脱绽放于世俗之外

淡定的心境，嫣然如画

您挥舞双手沾满真诚的笔墨

用生命描摹岁月的芳华

您踏遍祖国万里河山
用汗水浇灌人生的艺术之家

您把爱融入每一件作品
这世间的一草一木，一石一沙
在您神奇的手中
都会被巧夺天工
打造成一个个传世之作完美无瑕

此生，您注定不是一朵凡花
您已将梦想润染成心灵的抵达
在指尖与思想的碰撞中
镌刻着一幅幅超越灵魂的神话

光阴荏苒，放飞梦的蒹葭
写不尽的春色，休眠在冬的脚下
尽赋一纸诗书，怡情岁月的繁华
八十岁，生命才刚刚开始
您永远是一朵自由行走的花

一封发自秋天的信

秋天来了

好想,寄一封信给你

里面夹上几片红叶

还有蓝天,碧水,星星

窗外的菊

依旧开成一帧静默的风景

放眼望去,银色的扁舟

落于湖面,平添着几分秋的意境

关于岁月

无论,我们怎样轻描淡写

都会涂抹苍白的生命

水墨丹青中润染的是似水年华的曾经

在一纸素笺上
用简单的笔墨描摹一片云水，几朵清宁
让月光下的心事
于幽婉的钟声里依然可以保持安静

握一缕温暖
伴随流年与秋天同行
那满山的红叶
便是这个季节中最奢侈的憧憬

抚摸着你的名字
我把无法采集到的
或是隐藏在风景背后的心情
一一拼成思念的诗句
只想，在这个秋天里
慢慢读给你听

七月,我坐在一朵花里想你

荷塘飘香的季节
携一叶相思慢慢打湿在风里
远隔云水的距离
天空中划过一道淡蓝色的忧郁

湖面上有薄雾冉冉
溅起了波光潋滟的涟漪
芦花悠然飘飞
筛落着柳叶间银色的记忆

记忆随着风的牵引
将一缕清愁搁浅在心里
那些被风摇落的悲喜
轻轻落入我的脑海再也挥之不去

烟雾,诗一般缭绕着
依稀可见你英俊潇洒的影子
伸手,却怎么也抓不住
难道等待才是今生的主题

花儿盛放着梦想
当池塘的莲褪去洁白的外衣
所有过往的绚丽与璀璨
都在为昨日写下浓重深情的一笔

将思念根植在最美的莲花里
只想,为你静守一份倾城的美丽
悠悠时光牵动着两岸的相思
七月,我坐在一朵花里想你

为你,红尘舞翩跹

一段欣然的初见

停留在岁月的崖间

一些不曾风化的记忆

在每一次回眸中朦胧了双眼

我想,我是一缕清风

不经意飘过你的窗前

我想,我是一捧书卷

当你打开扉页,便可阅千里婵娟

隔着月光水岸

携一抹芬芳,如兰缱绻

多少枝头盛放的娇艳

在梦里花开花落,寂寂如烟

曾经，一低首的温柔
宛若荷间一朵素雅的清莲
抬手舞动的衣袖
绵长着一曲婀娜，风情万千

可望不可即的遥远
皆是高山流水缠绕的牵念
不忍惊扰俊美的容颜
只想默默独守一份痴心的眷恋

追逐，漫天飞花
为你，红尘舞翩跹
挽着风儿薄薄的衣衫
让思念在一卷清香里慢慢飘散

为你,绽放成时光深处的红颜

雪花
飘离阴霾的天
用它的纯洁
温暖了冰冷的视线

北方的冬
仿若丹青笔下随意的点染
雪落枝头处
几朵傲梅诠释着最美人间

与一片雪花结缘
将思念寄予遥远的天边
一窗夜雪
冷的是季节,暖的是心念

透过点点晶莹

望风花雪月的擦肩

虽然，只是短暂相拥

留下的却是一生纯纯的爱恋

好想，借一世旖旎

伴着飞雪迎风缱绻

在蜡梅盛开的坡上

为你，绽放成时光深处的红颜

冬日里收获爱情

回眸一笑将寒冷定格成春天

心底的秘密，从此云端漫步

一场惊艳在期待中抵达着遥远

如果可以留住曾经

曾经，我们的心贴得很近

曾经，我们的手握得很紧

曾经，我们的思念很深

曾经，我们的相约很远

人生中有太多的曾经

永远只是浪漫的摇篮

如果可以把曾经变成永远

我愿用生命去做交换

二月,盛开爱情

二月十四日
光阴定格成浪漫的风景

亦如此刻
就这样守着一窗风轻
用一怀柔情书写一个美丽的梦

读花开的虔诚
花香弥漫着曾经
那一程山水,有你,便是恩宠

在含蓄的深邃里
一些默契和感动
还有那些朴素的温馨与美好
轻轻浅浅通往心之小径

或许，我可以
透过那火红或是洁白的玫瑰
倾听，来自你的声音

于是，你会看到
在一卷泛黄的纸页上
开出了朵朵清宁

今日，我从远方踏水而来

几曾花落又花开

不老的情愫在梦里芬芳心海

隔着遥远的彼岸

一缕浅浅的思念萦绕寂寞的云台

难忘，那年初相见

暖暖的夏天，有栀子花开

一场锦瑟韶华的爱恋

至今都停留在记忆深处久久不能释怀

无尽的爱，尽落尘埃

携山水将世间风月关在门庭外

独自沉浸于昔日的柔情中不愿醒来

为你，我站成一种执着的等待

追抚着初夏嫩绿的裙摆
心中摇曳一份驿动的情怀
柔风轻轻穿过流淌的相思
阳光折射出生命的多姿多彩

夏天的画卷已徐徐展开
不想再止步于你的世界之外
今日，我从远方踏水而来
冰清玉洁，不施粉黛

轻挽一袭自然的色彩
保持丰肌清骨的仪态
如同一朵璀璨的夏日之花
一路走来，一路盛开

从此,落入深深的思念里

为何,昨夜你会出现在梦里
难道是久别的重逢
带给我心动的惊喜
有一种缘分不需要预期
纵使远隔山水也会与你相遇

短暂的相聚又要别离
在一起的时间
只能用分秒来累计
柔和的月光下,你将我的手轻轻牵起
幸福的瞬间凝结成永恒的甜蜜

爱的涟漪波动在心底
笑颜静如花开般的安谧
你的灿烂温暖了整个寒冬

我们的世界间不再有距离

就让我优雅地在远方静静地等你

一雪一飞花,一情一天地

多情的雪花舞出漫天的美丽

淡淡的梅香飘逸在风中

你的身影牵动我眼眸

如醉如痴丰盈了笔尖下的诗句

时光,唯美着一个爱的故事

我会将这份情点点珍惜

挥一挥手将泪水藏进衣袖

你是否和我一样

从此,落入深深的思念里

你,是否能看见一朵孤独的美丽

立在季节的掌心
听风花雪月的故事
尽染的相思,温柔了岁月
一株怀旧的草木惹得满眸欢喜

昨日的幸福
曾经的甜蜜
还有那些光阴里的碎碎念
慢慢开出了多少花间词

一萍池水,流年有梦
千回百转着一个又一个花期
让自己浅浅地醉着
只为能写下满笺清宁和融融的暖意

于一眼葱绿中
我寻到喧嚣红尘外的一方静谧
心情，染上了花香
一切都沉浸在那肩柔情的风月里

多想，折叠所有纯美时光
将花开雨落写成浪漫的诗句
山，依着水缠绵
我在一片云里等待与风的相遇

窗台的兰花又披上了月华
每一蕊花瓣都藏着思念的消息
寂寞，绕过指尖，漫过发梢
你，是否能看见一朵孤独的美丽

第二辑

像花一样,开出自己喜欢的颜色

假如,生活给予我平安

我会快乐

假如,生活让我经历坎坷

我依然会快乐

我做不了一座雄伟的大山

但我一定是一条欢乐的小河

我做不了一棵参天大树

我一定是一枝含笑的花朵

打开紧闭的窗

阳光会洒满每一个角落

踏出忧郁的门

岁月又开始温婉如歌

做快乐的自己
不在乎那些短暂的失落
其实,我们并不需要
向谁去证明什么

生活就像一面镜子
你对着它笑,看到的就是快乐
平凡烟火中的每一丝光亮
都是生命里的点点希望在闪烁

时光,这块素白的画板
我要用姹紫嫣红将日子描摹
像花一样,开出自己喜欢的颜色
一朵,两朵,三朵

八十岁,依然做优雅的公主

时间是无情的
再美丽的女人
也终是要在回眸一笑中缓缓谢幕
将一路尘心淘涤得清浅而脱俗
几波静水深流
几许安暖如初

当我老了
我会为自己建造一座花园
让园子里开满五颜六色的鲜花
蔷薇,郁金香,龟背竹
还有能结出果实的柠檬树

初春
我会修剪新生的枝蔓
让朵朵花蕾温婉着纤纤风骨

每天为它们浇浇水，整整土
耐心期待着栽下的每一粒种子
都能在未来的日子里长出繁花绿树

轮回的季节
我会亲手缝制时髦的外衣
穿着它美美地走过寒冬酷暑
与亲朋好友相聚时
再画上一个浅浅的淡妆
让自己永远保持年轻时尚的元素

有兴致的时候
我会坐在最喜爱的庭院里
闻着花香
望着枝叶间一滴滴透明的清露
拿起手中的画笔
勾勒一种恬静祥和的幸福

在大自然里慢慢地生活
满足身边的任何事物
无论是看看电视，收拾一下小屋
还是听一首曲子，喂一喂小动物

温暖的阳光下

躺在摇椅上安静地读着书

亦可以于小径上悠闲地散散步

头上粉色的纱巾在风中翩翩起舞

此刻

微笑的皱纹,飘逸的白发

都是岁月赠予我最美的礼物

一直以放松的心情

把生命看作是如诗若画的旅途

保持一颗少女心

揽岁月清宁,安之若素

就像美丽的奥黛丽·赫本

八十岁,依然做优雅的公主

冬天，请走得慢一点

我，喜欢冬天
不是因为喜欢寒冷
而是因为，只有每到这个季节
我们才能花叶相见

冬天，很短
冬天，很甜
当我浅笑嫣然地站在你面前
你总会开心地将我抱起
幸福地转上一圈又一圈

我们相拥走在雪地里
紧紧贴着彼此的温暖
在每一次柔情的对望中
我感受到你痴心的眷恋

轻撷一朵蜡梅,插进乌黑的发间
寒风中显得格外娇艳
此刻,无语也是诗的缠绵
浪漫的飞雪装点着冬的画卷

远方那棵银白的树
是否结满了爱的呢喃
阳光下,温柔地开花
朵朵都是我前世的心愿

为你,我在冬天里绽放容颜
你微笑着亲吻我的脸
为你,我爱上寒霜满天
你在雪地上为我写下不变的誓言

冬天,请走得慢一点
要知道,有多少温暖还在冰雪中翩跹
一个转身又将会是天涯两岸
谁又懂那离别的泪水中饱含怎样的心酸

冬季,雪花

冬天来了
院子里的雪落满枝桠
我,静依楼阁
为你织锦,绣花

雪夜的灯下
隔着那层朦胧的窗纱
仿佛又看到你
为我温柔地弹琴,抚摸我的长发

时光,从未走远
记忆犹如一朵朵散落的小花
我用沾染馨香的手指
为你,编织红尘中最美的牵挂

疏离的日子
多少人和事早已错落天涯
我心，安然于简约
在一捧书中找到宁静的初夏

素笔，研墨
于纸笺上描摹片片雪花
季节里有一幅未完成的画
遗落在风中绝美着年华

冬天走了
小院，楼阁，还有那把吉他
成为我心中永远的放不下
亲爱的
我想你，你知道吗

只怕一不小心,踩疼了整个月色

明月如歌
一缕缕洁白穿透心中的寂寞
我在花好月圆里
找寻思念的执着

秋水之上
时光咀嚼着记忆的脉络
在夜的深沉中
我将一份柔情小心地触摸

风尘里的叹息
与眼底的月光静静对酌
多少情怀的素简
躲进夜幕的风景里独自羞涩

我在静美中微笑

带着水一样的柔和

念与不念的缠绵

踏月随风伴了相思入墨

天空一轮圆月

光影碎了一地婆娑

是否万象皆宾客

笔下的故事，演绎怎样的悲欢离合

一路，轻轻踩着月光

脚下还有忧伤的叶子与花朵

只怕一不小心

踩疼了整个月色

借一壶时光慢煮咖啡

窗外,绵绵细雨

独守一袭安然

借一壶时光慢煮咖啡

不浓不淡,却飘香四溢

喜欢这样的味道

喜欢这样安静地想你

情在薄雾里弥漫

思念在此刻也染上了香气

每到这个时候

总想,写一封信给你

用最美的文字编织心情

写满,关于我们相遇的故事

大洋洲已是炎炎夏日

北半球的你是否正徘徊在雪花里

品着暖暖的咖啡

感受着浓浓的爱意

那些岁月的浅笑

濡染一帘烟雨的诗韵

你说，你要来

我在每一寸光阴里等你

你说，你会珍惜

于是，我用一生与你缠绵

从来没有放弃

提笔，落墨

只因那份爱曾温暖我的生命

低眉，不语

只待千帆过尽

再见沧海

徒留一段波澜不惊

喜欢融入大自然的感觉

溶溶的水月
最美的季节
踏青,相携一份柔情的婉约
听山水演奏大自然的音乐

树影里,溪水边
片片嫩绿于丛林中摇曳
晓风吹送着暗香
那些平日不起眼的花草
在如画的山清水秀间
亦显得格外特别

万籁无声
月光下,深碧的池水缓缓倾泻
橄榄树的枝头栖息着蝴蝶
花影淡淡处
朵朵清幽落满春的扉页

此刻，置身于大自然
早已没有了自我的感觉
时间隐去了，天地山川隐去了
只看到时光在一片祥和中
用绿意染就着年华，葱茏着岁月

远方，纷繁的都市
万物都笼罩在喧闹的章节
难得走进这片宁静
让不曾安定的心稍事停歇

陡壁的岩上，树根盘结
当我可以站立山顶俯瞰一切
仿佛所有的心事都迎风化解
那些躁动也随着清宁而渐渐冷却

喜欢融入大自然的感觉
那山，那水，那花，那叶
虽然人不可与宇宙里的物质相比
但是，人的思想却可以将宇宙超越

在骨子里沉淀一份风轻云淡

穿过四月的清寒
一缕柔风吹开孤寂的纱幔
难道,是你随风而至
为我,送来夏日的温暖

安静的角落里
观花草树木,望鸟儿呢喃
淡淡的情思溢满心间
长长的牵挂覆盖了星空的遥远

多想,依在时光深处
枕着朵朵花香而眠
让一片片芬芳伴我入梦
任那些美好在心城里蔓延

或许，所有的相遇与离别
都注定是此生缘分的深浅
不知，那陌上容颜
是否还如昨日的初见

思念无声，墨染纸笺
我以沉默相许，深锁庭院
画中欢颜，不语婵娟
在骨子里沉淀一份风轻云淡

经历过太多的沧桑
终于学会了不再说永远
遥遥相视，莞尔一笑
亦是悦心，亦是安然

女人花

女人花
盛开着美丽如画
摇曳在红尘风雨中
百媚千娇
绽放出倾世的绝代芳华

女人花
盛开着温馨的牵挂
柔情似水
花绕天涯
情亦绕天涯

女人花
盛开着淡然优雅
轻踩时光的舞步

以微笑的姿态触摸夕阳

不带走一片晚霞

女人花

盛开着坚韧挺拔

与阳光雨露同行

即使,黑夜来临风雪交加

依然阻挡不了渴望明天的蓄势待发

女人花

盛开着朵朵奇葩

不愿做经年的流沙

浮华缤纷

笑看风云间纵横天下

如果可以，我愿做一朵遗世的梅花

冬，就这样走了
当最后一片雪花
在我的视线中融化
迎风浅笑的蜡梅
从此，点缀了时光无涯

如果可以
我愿做一朵遗世的梅花
嫣然整个冬季
于寒风中绽放
在冰雪间高雅

隔着疏离的岁月
吐露倾世芳华
轻挽一抹夕阳的灿烂
在天空中描摹粉红色的童话

忘记了许多冬天的寒冷

是因为你将爱的温情留下

那座魂牵梦萦的相思亭

依然是我心中永远的牵挂

冬日里的倾城

一场月光雪洒满天涯

我想，我就是那枝迎风的蜡梅

于凛冽中带着最美的微笑出发

走过冬季，走过繁华

其实，远方并不遥远

因为我知道

那里可以用思念抵达

第三辑

将我的手,紧紧握入你的掌心

多少个夜晚

我望见月色斑驳了光阴

花叶在树影间婆娑

温婉的时光捻成最美的清韵

将心事隐入半盏香茶

静静聆听一世梦的梵音

流淌的记忆掠过脑海

你的笑容是那么远,又那么近

所有的诗意如烟般缥缈

仿佛真正的碧水白云

可以在暮色深处

纯净了一颗不安分的心

或许，水一方的清瘦
是无法避免的等与寻
但我想，我终究会等待
只因那些我们曾经一起走过的温馨

独自伫立于夜幕下
任思念的情愫浅唱低吟
心在古朴的文字中折叠
朦胧的影氤氲成笔墨间淡雅的诗韵

抬头，仰望一弯皎月
忍不住轻轻闭上眼睛
这样，你就会翩然而至
将我的手，紧紧握入你的掌心

孤独,揉碎在今晚的月光里

凝望夜的清寂
一个人安静地想你
想我们的爱如何在恋恋不舍中分离
空留无尽的相思在月光下独自伫立

染上伤感的月亮
有时也会动情地哭泣
那些疼痛穿透树叶的葱茏
将万点泪花洒落一地

倾听,午夜星空在呢喃
默默梳理自己凌乱的思绪
读着你的名字,想着你的柔情
是否就可以让快乐走进我流泪的诗句

指尖的微凉，沾落眉心

熏染着夜的孤寂

冷艳的灯光漂白了四壁

仿佛万物都被笼盖在清晖里

饮一盏茶，听一首曲

望一弯冷月，执一支素笔

纵使将彼岸天涯握成咫尺

那白色宣纸上流淌的依旧是蓝色的忧郁

或许，我终是个寂寞的女子

总想把一份思念深深藏起

无眠的夜氤氲着满怀心事

孤独，揉碎在今晚的月光里

天空中缀满鹅黄色的思念

一觉醒来
明媚已挂满窗帘
不用触摸即感受到的温暖
淡了孤独,浓了眷恋

窗外,已是秋天
飘飞的落叶渲染着如海的思念
忽而刮来的一阵清风
是否要将一枕记忆的暗香送远

终究抵不过季节的严寒
阳光下,握着你的名字取暖
于是,所有那些关于你的故事
便犹如春风一般相抚心间

一份爱,若是刻骨铭心
已足够感念
即使,远隔天涯的距离
依然在岁月的素笺上留下温馨的画卷

我,把你藏在心中
心中便多了一份安暖
让你,住进我的文字
芬芳的情愫就会融入柔柔的笔尖

秋的诗韵里
一纸牵挂映红了娇羞的容颜
那望不尽的落叶纷飞
在天空中缀满鹅黄色的思念

心中，一棵洁白的相思树

眼前的画似一阕清词
让我一读再读
梅花，雪地
家乡，老屋

冬的时光里
纸笺上流淌着温暖与质朴
那些内心深处的故事
仿佛就在一瞬间复苏

从素墨晕染中开始
将一页乡情描摹成刻骨
画的这一头诉说思念
那一头却是再也触摸不到的幸福

隔着天涯彼岸

一纸丹青氤氲了眼角的泪珠

笔墨间,雪色涂满的牵挂

在我心中开成一棵洁白的相思树

悄悄,读你温柔的模样

春,占尽岁月的芬芳
一剪柔情在风花雪月中吟唱
心,携一朵淡淡的流云
飘飞,朝着爱情的方向

用温婉的画笔
描摹一段最美的时光
读着花间碎语
走过那些青藤的过往

指尖滑落的文字
依着季节的一抹暖阳
无人能懂的故事中
我把冬天的秘密韵墨成殇

曾经的一树花开

零落成泥,化入土壤

我用真情默默浇灌

安静的不落下一丝忧伤

如水的光阴里

将清浅落在草木的呼吸上

庭院深深处

几多秋雨,几缕花黄

心中藏着山清水秀

总会遇到微风暗渡的香

屋檐下缠绕的藤蔓

编织着流年里等待的梦想

寂寞深闺处

多情的风,已拂过厚厚的墙

只想借那一弯月色

悄悄,读你温柔的模样

悉尼,遇见你

悉尼
我如花时,你来该多好
这样,你就会心疼
这一生与我的相遇

美丽的情人港
飘着绵绵细雨
我们在一片朦胧中
将你我的故事轻轻回忆

唯有你
才能感知此时
心底曾解不开的情和怨
悄悄化作一缕柔风
在平静的湖面上荡起层层涟漪

如梦如幻

依稀中仿佛又听到你在我耳边蜜语

温情一如从前

伸手

便能握住浓浓的爱意

撑一把粉红的折伞

相拥漫步在淡淡的烟雨里

一卷天青色

晕染岁月的清韵

让单薄的思念再一次变得丰腴

或许

最美的事不是留住时光

而是留住记忆

我所能做到的

就是趁着我还记得

告诉你，我有多爱你

思念,像一阕清词

沿着五月的光阴
翻阅一段初相遇
眷恋,悄悄绕过指尖
在心底发出轻幽的叹息

寻常一样的窗前月
缓缓落入我的杯盏里
隔着一滴水的距离
就这样,让我等待如诗

晓风,送来淡淡馨香
思绪与花叶对语
记忆于漫长里追逐
终是温柔了一抹唇边的笑意

在秋的怀抱中呢喃

将收集的花香寄予你

我用岁月作笺

写下一段段真爱的诗句

其实,不管天涯有多远

你都会在我心里

那一泓浓情

化作晨间清露

只等你来采,等你来惜

远方,优雅的思念

就像一阕清词

安静地守候着季节的美丽

一份爱,沾染香息

随风,摇进秋的怀里

想你，在这冬季

依然清楚地记得
我们是在冬天里相遇
安静的雪花无声无息
却飘乱了心中的思绪

我的世界，你来了
正如一缕阳光如约而至
该用怎样的心情
才能温暖那些曾经寒凉的记忆

听雪落的声音
在银装素裹的怀抱里
一份爱，踏雪而来
浪漫的情装点了冬的美丽

飘飞的雪,若一首婀娜的诗
里面轻藏着你的名字
折下一枚风花雪月
透明的心便染上了朦胧的诗意

默默对着你的城
把片片晶莹写进柔情的文字里
在你我缠绵的静美中
时光,也停止了呼吸

想你,在这冬季
思念如雪花般洒落一地
风,吹散了昨夜的清愁
远方的呼唤就在彼此的泪光里

我在你的怀抱中花开似锦

浅浅的花语
旖旎了初夏的光阴
时光的信笺上
涂满一枚枚思念的水印

置身于季节的芳菲中
弹一曲锦瑟琴音
不经意叩响岁月的窗棂
一抹柔情滑落我的掌心

日子很静
静得可以听见花开的声音
幸福很轻
隔空也能悄悄将彼此拉近

一种缘分,无关距离
有了爱,就会心心相印
在漫长的日与夜之间
你是我梦里梦外最美的追寻

我是一个感性的女子
愿用三千青丝为凭
以一朵花的姿态
为你,伫立成一世的风景

待到,那个相约的夏日来临
牵着你的手一起听云水禅音
每一缕风,都是暖暖的情
我在你的怀抱中花开似锦

我用真情种下一朵忘忧

记忆，花隔云端

深邃了夜的温柔

皎洁的月光下，荷塘清清

婉约着一泓秋水的守候

错落在天涯

独觅一处清幽

微风中依稀有暗香盈袖

撩拨着眉宇间淡淡的忧愁

红尘里相望

疼了期盼的眼眸

一汪纯净

恍若凌波湖上思念的轻舟

载着一路相随的坚守

在爱的时光里漂流

只为，那一个幸福的转身

我愿用一生的时间来守候

掬一捧月光在手

相思弥漫了整个秋

悄然擦去回盼的泪水

将心事别在岁月的枝头

我用真情种下一朵忘忧

韶华不曾，花香依旧

安静地开在铺满思念的路口

等你回眸

第四辑

爱的邀请函

我不在乎,你身高长相
只想知道你心里是否充满阳光
这样,当我读你的时候
就会感受到你的温暖
照亮我寂寞的心房

我不在乎,你年少年长
只想知道对待爱情
你是否可以一如既往
无论爱的长河中遇到怎样的波涛
你都会和我一起乘风破浪

我不在乎,你学历高低
只想知道,你是否诚实善良
能勇敢担起生活的责任

无论外面风雨再大

有你的家就是温馨的港

我不在乎,你是贫是富

只想知道,当我需要你的时候

你是否能为我挺身而出

永远站在我柔弱的身后

给我一个最坚强的臂膀

也许,爱的背叛

让心口留下难以愈合的伤

看不见的滴血,疼痛无处安放

光阴所给予的

只有满目的苍凉

我想知道

在这无人能懂的故事里

你是否可以抚平我内心的创伤

紧紧握住我的手

给我关怀,给我梦想,给我希望

我想知道

在漫漫的人生旅途中

你是否能许我一世地老天荒

尽管日子平淡如水

依然可以快乐地享受岁月的清简与安详

我不知道

未来的你,将会来自哪里

从现在起,我开始安静地守望

直到,有一天日落夕阳

哪怕,红颜已青丝染霜

我都会等,等在这通往幸福的路上

爱的花,盛开过,已足够

寂寥的轩窗外
一袭温婉的月色漫过枝头
于一片静谧里
繁花飘落,小院清幽

独自在默默中等候
你的身影成为我一生的相守
皎洁如银的月光
映照着我眉间淡淡的忧愁

风,吹过树梢
送来花香,也润了眼眸
那一滴泪的憔悴
是否还在想你的花瓣上停留

渴望一笺光阴
命运赠予我十指相扣
你对我的那份初心
妥帖成岁月里一弯细水长流

心事,滑过月光水岸
摇落一地相思瘦
谁,是湖面上那株羞涩的莲
正期盼着藕花深处的一叶兰舟

好想,让你轻轻抱起我
用我的长发系住你的温柔
一朵芬芳,香染今宵
爱的花,盛开过,已足够

牵挂着,便是美丽

春风临渡
轻抒一笺心语
站在桃花盛开的地方
安静地守候一场翩然而至

阶前,庭台
到处都弥漫着花的气息
循着花香,听风淋雨
掌心的温柔氤氲了季节的美丽

用一支淡笔
轻轻,把相遇的故事写成诗
采撷一缕阳光
温暖字里行间盈满眷恋的思绪

初春的一树花开

将美好的情愫镌刻在岁月里

思念，恍若云烟

风干了时光指缝间所有的忧郁

小堤上，悠闲漫步

迎风缱绻一路相随的欢愉

哪怕天涯再远

我都愿带着微笑走过一段段红尘记忆

深巷里，浅闻花香

握着午夜的风提笔

一份爱，不问未来，不问归期

牵挂着，便是美丽

生命像一条澎湃的河

我不敢说生命是什么
我只能说生命像什么
生命像一条澎湃的河
从最远的高山
流向尘世的阡陌

它汇集起众多细流
蜿蜒着从悬崖峭壁穿过
冲倒积土,挟卷沙砾
渐渐合成一股洪涛
勇敢地向前方漂泊

有时遇到巉岩前阻
它会奔腾起来
怒吼着,回旋着

直到将前波后浪的起伏冲过
才继续心平气和地一路高歌

有时经过细细平沙
在斜阳芳草里
看到夹岸红艳的桃花
它既快乐,又羞涩
然后
会把一段浪漫的行程轻轻度过

有时遇到暴风雨
那激电,那迅雷
可能让它暂时浑浊了,困扰了
而当雨过天晴
又会给它呈现一派全新的景色

有时遇到晚霞和新月
向它照耀,向它投射
清冷中带些温暖与柔和
它也想憩息,也想停泊
而那前进的力量

却助推着它继续向前的执着
终于有一天
它远远地望见大海了
她是那么壮观,那么辽阔
她庄严地伸出手臂
接纳了生命的最后一刻

也许有一天
它又从海上蓬蓬的雨点中升托
飞向西方
随着岁月的穿梭
再形成一条澎湃的河

画下一个永不褪色的春天

喜欢这样的日子

风在陌上,天空无际的蓝

一个人自由行走

观流云朵朵,望青山绵绵

踏着三月的温暖

离开寂寞的庭院

听一听花开的声音

看一看绿叶在舒展

春日的桃花园

如一阕清词幽香千年

眼眸里涌动万般娇艳

将柔情隽写在美丽的云水之间

阳光暖暖地折射

浅喜深爱着岁月的容颜

一缕时光的花瓣

映照着心中梦幻的诗篇

季节深处

春,渗透了整个大自然

仿佛走过的每一片土地

都是一幅盈满生机的画卷

万绿的树丛中

一朵嫣红浸入我眼帘

只想,借着目光里那份最美的暖

用丹青之笔

画下一个永不褪色的春天

相思扣

雪花

挂满腊月的枝头

岁月的剪影里

一缕柔情,悄悄落入梦的窗口

借着漫天的洁白

寻觅一处风景独幽

静赏梅花于风中弹奏

淡雅的芬芳吐露着心底的娇羞

在冬的季节里

插进一瓶秋

朵朵抹不去的心思

在时光的花蕊间轻柔

静静地牵起你的手

将爱织成盛开的锦绣

让暗香萦绕着你

陪你看人间细水长流

飘落的雪花,深情的回眸

只想停留在冬的左右

回盼的泪凝结离去的哀愁

多少爱,却终究没有说出口

微笑着,挥一挥手

将不舍藏进衣袖

留在冬天里的

是那再也解不开的相思扣

望着秋,一点点远去

如果,等待过了期
是否就会生长忧郁
那个春天
我用青春画下浓重的一笔
又将如何
在秋天里描摹这幅忧伤的美丽

风,轻轻吹过
小巷深处散落一地叶子
院墙上,菊花依旧守着东篱
寂寞的夜吟唱着秋的诗意

天空,撒满繁星
那是泊在心底最温柔的相思
收敛了整窗的白月光
悄然化作一纸素笺的静谧

岁月，过了最美的季节
是否就要把风景还给过去
好想留住风，留住雨
怎奈时光匆匆，还是让我措手不及

静静地品读秋
过了今夜，便走进冬季
我那飘飞的落叶呀
也终将会被冰雪覆盖在大地

于微笑中转身
多情的衣角从此不染花开旖旎
就让我站在素简的冬天里
望着秋，一点点远去

等你,读我

在文字的旷野上
蜿蜒着一条回忆的河
滋润了寂寞的芳草地
也开出了一枝勿忘我

思念的日子里
喜欢弹一曲我们合唱过的老歌
那些曾经的快乐
总会忍不住被潮湿的泪水淹没

或许,爱是一种深深的眷恋
缠绵在脑海中,挥不去,也割不舍
就这样温情地守候着
等待,幸福重逢的那一刻

远方，孤单的寂寥

将满秋的相思凝望成隔岸的灯火

弯腰的柳在为谁折

舞动的花蕊又被谁轻轻吹落

岁月斑驳的墙上，记忆

开出一串串洁白的花朵

喜欢独自打捞往昔

只想留住那些曾经的清澈

仰望如水的月光

静静采撷一缕馨香入墨

让骨子里的柔软在文字中执着

等你，读我

等你,隔着一座思念的城

落花的叹息中
我闻到你的脚步声
躲在独我的世界里
默默承受一缕划过心海的疼痛

时光渐远
很多记忆已模糊不清
唯有那份不变的情怀
依然妥帖在心底氤氲如梦

我的心是一座城
藏有落叶,也开满花丛
试着走进那些唯美的尘念
便芬芳了一季过往的嫣红

轻叩庭院的诗意

静谧的莲盛开着朵朵娉婷

我在一纸素笺上落笔

用文字打捞一抹世外的幽静

笔端辗转阵痛

分娩出婉约楚楚的玫红

手蘸岁月的香墨

书写着两岸剪不断的相思情

等你

就在这个春天种下我的梦

只待花开,与爱相拥

隔着一座思念的城

给自己一段柔软的时光

暖阳拂过

风消融了冬的寒凉

一个人端坐在心的世界里

轻轻回忆着那些渐去的过往

这个季节

总能闻到空气中迷漫的阵阵花香

浓也芬芳，淡也芬芳

无声地荏苒着岁月的惆怅

我本是个简单的女子

生活中却经历了太多的沧桑

唯留一纸诉不完的刻骨铭心

在清幽的笔墨间低吟浅唱

试着推开满满的牵挂

握住一缕心念的阳光

仰望枝头的花正含笑开放

眼眸里涌动的不再是寂寞与忧伤

灿烂的春撵走了情感的荒凉

花蕾依然可以在下一季的春风里充满幻想

把一腔纯情停靠在温润的地方

总会有一个人途经你的盛放

给自己一段柔软的时光

让女人心中的梦自由飞翔

读书，扮靓，背起行囊

一路等待爱情，一路收获希望

第五辑

美丽的故事是否会有完美的结局

你,一句安好
便悄然离去
我,怀着怎样的心情
站在孤独的春天里

微拂的风
为我擦去睫毛上的泪滴
丝丝的寒凉
唤醒着写满温馨的记忆

生命的路上
你曾是我那段最美的旖旎
走过的每一片姹紫嫣红
都记录着我们相爱的点点滴滴

似水流年

太多的幸福遗失在匆匆里

岁月如云烟

风干了所有蓝色的忧郁

心在柔软中叹息

藏在时光里的爱久久不愿离去

这个春天摇落了多少悲喜

美丽的故事是否会有完美的结局

轻抬铺满相思的手指

在风中画一个暖暖的心字

让纷飞的泪水蘸染花的香息

在这春天里，随你远去

让爱在冬季里绽放

喜欢在冬天里凝望

望飞雪轻舞浪漫的诗章

望梅花在严寒中骄傲的绽放

望你,隔着时光那条悠远的长廊

走过一季冬的过往

初遇的温暖令我至今难忘

你灿烂的微笑,缱绻的目光

将一颗羞涩的心揭开了梦的纱帐

雪花在天空中编织爱的网

片片洁白氤氲着情意绵长

站在离你最近的地方

任缕缕情丝在轻轻荡漾

谁说冬眠的花不愿开放
多少情,绣在银色的枝叶上
清简的蜡梅惊艳着冬的寒凉
眉间的心事婉约成朵朵梅香

把最美的故事安静地收藏
带着关于你的幸福与你隔水相望
站在遥远的春天里期盼冬的阳光
只想重温爱的火花在冰雪中碰撞

思念把岁月拉得很长很长
彼此的情感在悄悄增加分量
如果,我们的爱不属于春天
那就让它在冬季里绽放

请放手,让我远走高飞

不想再对自己说无所谓

思绪已被伤痛包围

怎知道会是这样的心碎

爱情路上

我已凋谢成雨打的玫瑰

有一种情感叫物是人非

当风吹皱了那一池春水

所有的温柔被凝结成一滴泪

无法让时光倒回

承诺终究抵不过岁月的裙袂

爱随风飞

心字已成灰

思念让美丽的容颜憔悴

只能一次次将泪水装进酒杯
痛苦地品尝着孤独的滋味

曾经的爱流成一河受伤的水
万般柔情于夜空下枯萎
就让芳华留在最美的记忆中
现在的我
只想做一朵寒冬里的蜡梅

我真的好累
浪漫的梦想换来的是满身疲惫
如果你不再爱我
就请你放手
让我远走高飞

远方，有我最爱的你

和着淡淡的月光
缱绻在夜的情韵里
思绪，宛如一朵小花
慢慢开出了微妙的心事

想着遥远的地方
那个熟悉的城市
仿佛隔着风，隔着雨
也能感受到你温暖的气息

一个人走了很远的路
一直走到陌上的花开荼蘼
尽管，脚踏芳香满径
依然，忘不了你的万般疼惜

点点滴滴的相思

缠缠绵绵的往事

潋滟在心上，婉转于眉间

让一切都柔软得不可思议

相爱的人

远在天涯，却近在咫尺

总期待惊鸿一瞥的心动

能继续翩跹幸福的相依

我知道

远方，有我最爱的你

深深的牵挂藏在无眠的夜里

柔和的月光下

望见你的影子落入我的红尘

一如昨天那样清晰和美丽

那花香,便是我

喜欢在淡淡的馨香里
倚窗而坐,阳光下
有蓝天,有白云
还有流年中那枝最美的勿忘我

听,是谁在风中吟唱
悠扬的歌伴着花儿的开开合合
让多少曾经的幸福
从美丽的故事里穿过

也许,相遇的瞬间
已经注定了此生的牵挂与寂寞
所有的繁华
不过是光阴里演绎的平凡烟火

隔着遥远的彼岸
把相思安放在寂静的角落
让那株柔美的念想
雕琢着一脉心韵的平和

不再去想
何时才会是最灿烂的时刻
以素颜的姿态
在时光的陌上盛开一份爱的执着

相信，岁月的绚丽
终将明媚这株孤单的花朵
只待风尘漫过，芬芳四溢
那花香，便是我

风的叹息,惊扰了我的安然无恙

空气中
几朵蔷薇弥漫着花香
我的心
轻轻飘往春天的云上

思绪在清逸里飞扬
依着微风低吟浅唱
一股暖流穿过发间
那可是来自你遥远的目光

时常会在淡淡的春天里
悄悄想你温柔的模样
把你唇边的那抹笑靥
写进我们一起走过的梦里水乡

以爱的名义
安静地在心底种下一片阳光
将一朵花的故事
用文字慢慢地叙述着它的成长

或许，无言的绽放
一样可以红袖添香
晕染了整季的春色
终是印在了眉间心上

一汪暮春的眼眸
只想让桃花的笑于寂寞里深藏
怎奈，一缕风的叹息
惊扰了我的安然无恙

我与你在一首诗里相凝

你,悄悄抵达
我,听见了花开的声音
在一生的邀约里
相遇,便会倾城

这样的季节
大自然一片宁静
绿意盎然的枝头
吹来阵阵浪漫的微风

我的城
一直在等
等那个温暖的怀抱
等你轻握手心
去观窗外落了又开的花红

含笑站在水陌之上
守望着一个心与心的约定
眉弯一隅
延伸在指尖点染片片孤清

幸福，真的来得很安静
那些相约走过心灵的欢盈
还有深藏在你眼底那份爱的坚定
便是我流年中最美的风景

期待，这一场花开
将芬芳婉约成文字的清梦
浅笑嫣然间映入眼帘的柔软
让我与你在一首诗里相凝

生命,风景

我将红色
注入苍白的生命
灵魂
再次鲜活

时间,从不曾为谁停留
尽管充满激情与活力
我,期待所有的日子
都能塑造成可以燃烧的诗
每一个文字都是小小的火焰
温暖着岁月

生命的舞台上
灵魂在阳光下舞蹈
身体在时光中踏行
思想的繁花为音乐盛放
从空间里赢得正在缺失的风景

你，是否能读懂一朵落花的心事

一阵秋风，吹过秋水

荡漾起层层涟漪

我眼中的花瓣

馨香过后，便随风

散落在这寒凉倾城的秋意里

独自在异乡徘徊

所有的心曲仿佛都成了过去

蓦然回首的高山流水

远隔寂寥的天空

默默诉说着最后的情丝

自从，遇见你

我不再是一朵孤单的花

平淡季节中多了一份温暖与相惜

怎奈，这场花开只是短暂的欢愉
花落，才终是命运的赐予

一抹芳华
曼妙着流年的记忆
是谁千里迢迢蹚过爱河
穿越彼岸
占据了我的芳心

笔下的蓝天是那样清澈
文字里的山水也因你而美丽
曾经，一起吟诵的小诗
依然留在我们牵手的路上
装点着满山满谷，树影花溪

多想，就这样陪你一直下去
用五彩的画笔描绘爱的传奇
纸笺上的娇艳
惊鸿着一场春天的开启
你，是否能读懂一朵落花的心事

浓浓的爱化作一杯透明的月光

站在逆光的树下
凝望着一片橙色的夕阳
我听见有花开的声音
柔柔地落在我的身上

风,拂过发梢
也带来了百花的馨香
心,于简约的静美里
将岁月的沧桑妥帖地安放

辗转的年轮
牵着我走出青藤的过往
每一次回眸
映入眼帘的依旧是眷恋的目光

在属于自己的日月中
盛开成年华里最美的模样
追逐着蒲公英
有梦的花就可以自由飞翔

四角的天空
一树春天里的桃红跃入诗行
心底的柔软
铺成一抹素色在光影间叠放

玫瑰窗前
为你,留一段优雅的香
笔落处,思念陪我千回百转
浓浓的爱化作一杯透明的月光

第六辑

在文字里点燃姹紫嫣红

透过记忆的窗口

回望走过的路程

有太多忘不掉的感动

流连在我柔情似水的心中

月下的杨柳

伴着徐徐微风

把这里生长的一草一木

都染上了相思情浓

夜,静静的

远处传来悠雅的琴声

和着氤氲的暮色

飘逸而朦胧

喜欢陶醉在这缠绵的音乐里
将一份浪漫寄洒于空中
让那颗宁静的心
在清风明月间律动

缱绻着一抹柔情
把疼爱托付给风
依次穿越岁月的青藤
为你,送去一个斑斓温馨的梦

月光,牵着思绪
把情韵描绘得栩栩如生
跳动的笔,沿着思念的小径
在文字里点燃姹紫嫣红

面向太阳,不问春暖花开

倚着洒满阳光的窗台
仰望天边飘浮的云彩
在一片丽日蓝天下
竟是那样地自由自在

冬去,春来
花儿伴着温暖而盛开
人生,无奈
我却止步于你的世界之外

曾经的两小无猜
要用多少时间来忘怀
往事如风若花
只是风仍香,花已不在

我在等

等一片云拂去心中的阴霾

我在盼

盼一缕阳光照到孤寂的窗外

抒一纸柔情

将文字的花折成明媚的姿态

谱写心底那份最初的安静与洁白

相信，哪怕容颜迟暮依然会有珍爱

面向太阳，不问春暖花开

打开窗，一股暖流扑面而来

阳光下，低眉浅笑

静待岁月点亮不一样的精彩

让爱在灵魂里栖息

安静祥和的时光里

花在开,草在绿

低眉,捻一指馨香

闻得丝丝春的气息,浅笑无语

远道而来的风

将你的影子飘满枝叶间的缝隙

窗前的风铃

轻轻地在摇响你的名字

隔着万水千山

一缕相思辗转成百般思绪

心底缱绻的温柔里

你的微笑,依然是我一生的痴迷

若曾经，我们没有在花开的时节相遇
是否，就不会有今天的伤感别离
或许，凋谢也是一种别样的美丽
好似那云，聚也依依，散也依依

只是，有太多旖旎的风光
让我舍不得轻言放弃
直到一树玫瑰零落成泥
空留多情在流年里婉约成唯美的诗句

心还在打捞着那年那月
相爱注定了此生的相思
笑着把盛开和枯萎一起装进记忆
就让这份爱在灵魂里栖息

生活因微笑而美丽

行走在纷繁的世界里
感悟着岁月的旋律
以乐观的心情安放忧伤
用真诚的微笑绽放美丽

人生风雨
笑泪相依
在心里播下快乐的种子
长出来的一定是含笑的花枝

飘雨的季节
不必因为糟糕的天气而叹息
要知道
雨水可以浇灌庄稼,滋润大地

炎炎烈日
不必因为太阳的灼热而焦虑
要去想
有了灿烂的阳光就不会让你脚踏淤泥

人的一生总是有悲有喜
正如这变幻莫测的天气
为何不借雨水冲刷烦恼
借阳光温暖寒凉的心绪

只想，做一个爱笑的女子
感念一切美好的东西
将快乐轻松融入生命
让欢笑在冷暖人间传递

把最美的微笑送给别人
生活会因微笑而美丽
把心中的微笑留给自己
相信幸福一定会为你张开双臂

我在遥远的悉尼等你

当第一缕阳光洒满大地
眼前的城市温暖而清晰
站在悉尼塔的玻璃窗前登高远眺
隔着天涯,我在这里静静地等你

如果,是在白天等到你
我一定会第一个带你去 Opera House
看一场最经典的澳洲歌剧
近距离感受这里浓浓的艺术气息
让美丽的音乐殿堂从此不再神秘

如果,是在夜晚等到你
我一定会和你并肩坐在情人港的木桥上
吃着 Gelatissimo 的冰激凌
一边看着月亮
一边浪漫地欣赏从海面上升起的烟火演绎

如果,那一天是晴天

我们就一起去 Bondi Beach 的露天游泳池

在有阳光的水面上游水嬉戏

然后,悠闲地躺在沙滩上

看海鸥划过蓝蓝的天际

如果,那一天赶上下雨

我们就坐上观光渡轮

去感受一下从窄窄河道驶入大海的欣喜

牵手穿行在透明的 Aquarium 海底世界

观赏海洋动植物的五彩缤纷,百怪千奇

如果,如果

脑海中设想了太多的如果

其实,只为得到一个完美的结局

将一颗期盼的种子深埋在心底

相信一定可以等到属于我的花期

我在遥远的悉尼等你

无论花开花落,春风夏雨

就这样一个人,守着一座城市

每天,都在默默地用思念来呼吸

为爱,我愿站成永恒的思念

轻倚季节深处
静待花开流年
那些心心相印的过往
在一道明媚中铺满纸笺

似乎习惯了与寂寞有染
守望着梨花似雪的嫣然
思念,在悠长的岁月里沉淀
是谁赋予的孤单高挂在我窗前

红尘路上
风雨漫漫
碎碎心念,如海水一样蔓延
是谁饱含的柔情蓄满温馨的港湾

时间会验证最真的情感

走远的只是过眼云烟

你的目光是我最美的遇见

守候三生只为一世情缘

好想,所有的梦里都有你的笑脸

好想,所有的承诺都可以实现

好想,所有的记忆都幸福温暖

好想,所有的日子都能相依相伴

有人牵挂

再淡的水也会变甜

有人惦念

再长的夜也不觉孤单

轻握一份懂得

心留一份眷恋

为你,我独守着那片爱的花田

为爱,我愿站成永恒的思念

寂寞笔尖下的一朵春红

绵绵细雨

飘落在诗意的小城

几许微风

将孤寂的轩窗轻碰

依着夜的清宁

聆听淅淅沥沥的雨声

缓缓滑过垂蔓的青藤

抚慰着那些灵魂的悸动

斑驳的树影

穿过摇曳的清风

渲染了朵朵芬芳的桃红

引领我走进一场花开倾城的梦

心事

悄悄寄在无尽的风景中

随着光阴,辗转从容

依稀闪烁着那份最初的感动

喜欢,在这宁静的夜晚

将浪漫的情思倾洒于纸墨间

用素笔编织一个多彩的梦

让看不见的思念从花蕊里升腾

给你的爱一直很安静

恰似寂寞笔尖下的一朵春红

情到深处的孤单淹没了所有回声

就让她在文字里芬芳葱茏

懂你,是用心种下的美丽

生命中有一种爱
叫懂你
穿行在明媚或忧伤的季节里
悄然解读着那些无字的心事

它可以在对望的眼神中
触摸到彼此心与心的相知
不需要太多言语
却是灵魂深处的心有灵犀

隔着一程风月
于无声处静静地读你
在笑泪飞扬的真情中
收获写满馨香的回忆

将过往的悲喜
浸透岁月之笔
采撷风轻云淡的飘逸
落在盈满芬芳的诗句里

或许,他不常在你身边
或许,他习惯默默无语
但他一定是用心在关注你
给予你精神上的不离不弃

喜欢,这种心灵的相依
淡淡的情谊,一生来珍惜
安静地与你分享思念的距离
婉约着一路相随的默契

身在天涯,心在咫尺
情在墨中,爱在心底
温馨的牵挂晕染岁月的旖旎
懂你,是用心种下的美丽

天空中飘飞着紫色的花瓣雨

天空中飘飞着紫色的花瓣雨

缠缠绵绵,丝丝缕缕

研磨着视线交汇的旖旎

婉约着一首动人的相思曲

蒙蒙雨雾散发浪漫的气息

依偎成风中暖暖的甜蜜

伸手,拾起一片洒落的花瓣

指尖留下的芬芳,依然是那么清新

一帘烟雨寂寂

一缕暗香习习

心仿佛正沐浴着唐风宋雨

在迷离中温婉柔情的诗意

喜欢将一抹心情
融入季节流动的光景里
让轻风细雨温润孤寂的相思
沉淀那些遗落在岁月中的故事

远隔一程程山水
氤氲片片绵柔的思绪
雨滴是伊人思念的泪滴
细小的花瓣上写满馨香的诗句

此刻,不问花落几许
只想在紫色的花雨中伫立
独自缱绻在如梦的世界里
静静捡拾着落花的美丽

我心中的梦想,其实你懂得

当你从我眼前翩翩走过
冬天里,我看见了春的颜色
心海中盛开的紫色藤萝
悄悄温润着孤寂的沙漠

一眼柔情
绚烂了整个季节的婀娜
一场爱恋
触动着心底每根纤细的筋络

喜欢安静地听你唱歌
月光下,清宁,祥和
仿佛,时光永远静止
最美的年华里只有你和我

怀揣一个浪漫的梦想

脸上挂着掩不住的羞涩

心中那朵珍贵的幸福之花

被无尽的温柔默默浇灌着

在纸笺上轻描你的名字

一笔一画都是用心走过的深刻

或许，这就是我今生爱的选择

红尘烟雨中好想与你执手相握

望着窗外飘浮的白云

明媚的阳光洒在每一个角落

独自弹起一段思念的浅歌

我心中的梦想，其实你懂得

第七辑

我的名字是谁一生的疼

时光如风

繁华似梦

多少情,红尘烟雨浓

多少念,无声胜有声

沾染过春天的笑容

曾经灿烂了我的心空

那些刹那间的美丽

记录的是生命中的永恒

轻藏着一份珍重

于微笑的花蕊中

捡拾起一枝一叶的感动

婉转成指尖上的姹紫嫣红

每一朵花开都是爱的见证
每一片叶落都带着不舍的情
静静地感受它的隽永
把馨香一一插入瓶中

只叹，几度花开倾城
却错过了携手今生
几经，忧伤与欢喜
终成为无法忘却的痛

爱的风
拂过寂寥的天空
谁是我心中那个蓝色的梦
我的名字又是谁一生的疼

在冬天里,预约春的阳光

雪花,纷纷扬扬
冬天的行列
排得意外地长
想念,春的模样

碧草,和风
绿树,暖阳
桃花盛开的地方
爱,在每一朵花蕊间绽放

春,摇曳女人的温柔
冬,演绎男人的硬朗
我在雪花里
撷一片片美丽,收藏

采集最后的晶莹

留下冬的念想

将一颗纯纯的心

置于洁白的梦之上

在冬天里

预约春的阳光

安静地送走薄凉的印象

轻拥，属于自己的那抹暖香

季节交替中

春的思念在冬日里飞扬

只想，用温婉装饰寒冷的窗

让心，朝着太阳的方向

陌上花开时,与你微笑着重逢

好想
圆自己一个梦
在陌上花开时
与你微笑着重逢

无数次的憧憬
总是在冥冥之中
远隔山水的暮色深处
缠绵着多少诗意的葱茏

心底蕴藏美丽
缄默女人的万般柔情
涂满纸笺的心事
在文字里点燃夜的星空

无论是爱,还是疼

都是一场绝美的梦境

长满青苔的记忆里

遗落着随泪飘去的点点残红

时光的伤痕

留下了我们爱过的见证

几经忧伤的美好

错落成彼此生命中的永恒

离开了,才会懂

什么是爱,什么是情

错过了今日

也许,就错过了一生

风,轻碰泪水

眼前的故事开始渐渐朦胧

虚幻缥缈间仿佛又看到你

微笑着,走在我那织不完的风景中

只为，能与你牵手在下一个雨季

那一年的烟雨

朦胧了一纸回忆

而遗落在雨中的故事

如今，又在哪里栖息

窗外

雨雾迷离

飘着淡淡的忧郁

想念的声音，隐藏在时光深处

轻念着你的名字

喜欢雨

因为雨中有太多关于你的记忆

直到今天

我发间的每一根发丝

依然散发着丁香花的香气

五月的江南

总是在梦里寻觅

我站在江风中，我站在烟雨里

等你，等你

忘不了，青石板上我们相拥的甜蜜

忘不了，油纸伞下那次不舍的分离

每到飘雨的季节

我都会在文字里安守一方静谧

蘸着雨滴书写无尽的相思

任潮湿侵入眼眉

淹没落满尘埃的思绪

伸手

笼一袖钟爱的细雨

指间漾起了温柔的涟漪

我将全部的爱放入掌心

只为，能与你牵手在下一个雨季

想念,一层又一层看不见的涟漪

徜徉在秋韵的素笺里
轻轻打捞往昔
那些与你有关的记忆和悲喜
氤氲着笔下盈满馨香的诗句

这个秋天
当凉风带着落叶再次来袭
你的微笑
是我寻到季节里最暖的相依

我们的故事虽然没有结局
但明媚却早已印在了心底
即便季节更迭
心的留白,依然在为你空置

看春夏秋冬的荏苒

岁月亦不曾疏离

在千回百转的执念中

你，终是我今生最美的铭记

轻拾一片飘落的花瓣

用思念写下爱的传奇

将采撷的芳香揉进梦里

幸福就会花开次第

以一颗温婉的心

在落叶纷飞的秋天里执笔

想念的声音隐藏在时光深处

荡起一层又一层看不见的涟漪

女人，印象

女人，是一个梦
虚幻缥缈，抬袖生香
淡然行走于红尘陌上
用微笑润染着素色的时光

女人，是一枝花
在季节的风景中绽放
倾城的美，惊艳日月
潋滟世间多少如痴如狂

女人，是柔情的水
带着幽幽的暗香在心底微漾
清澈里倒映着无暇
一曲缠绵的爱在溪水间回荡

女人,是生命的暖阳

她的胸怀可以融化尘缘的冰霜

把相思的愁苦一一埋葬

用温玉的手抚慰寒凉与忧伤

女人,是夜晚的月光

默默将熄灭的心烛点亮

折一只小船把梦想轻藏

在星空下放飞属于明天的希望

女人,是一弯幸福的港

安静地伫立于水的中央

一袭明艳涂在俊俏的脸上

温柔了岁月,醉了时光

一别,再见何年

岁月如风
吹皱了寂静的流年
曾经的朝夕相守
今日,却天涯两边

难道,是爱的风筝断了线
还是我们的缘分到了终点
昨日还沉醉于风花雪月
转眼,已入灯火阑珊

或许,红颜太美
才会昙花一现
为你蓄满一世的欢颜
终还是花随风落而渐行渐远

浅夏的那抹芬芳

至今都不曾变淡

日日氤氲在寂寞的窗前

婉约成一页花落书香的暖

轻轻吟诵一首小诗

告诉远方我的惦念

用文字拨动心底最美的琴弦

只为寻回昔日与你邂逅的原点

红尘渡口许下相约

让多少梦在时光里缠绵

等待，到底有没有期限

一别，再见何年

共赴一场爱的地久天长

爱情的丝线如此绵长

染了岁月,醉了时光

一些记忆刻在骨子里

一些牵念行走在心上

夜,生长浪漫

亦隐藏忧伤

将素雅融于笔端

为你,写意一幅云水相望

捧着温润的月色

和着浅浅的花香

我用画笔点缀娇艳

让思念在黑夜里悠长

隔山隔水
隔不断期盼的目光
心,随着文字飞向你
映着伊人的模样

携一纸宋词的韵脚
把心事涂抹在信笺上
道一声珍重
将灵魂的执念于笔墨中深藏

我依然是那个美丽的女子
静静地站在你生命的中央
以高傲的姿态等你牵手
共赴一场爱的地久天长

我与你山水相遇

心苍凉的季节

我与你山水相遇

从此,你走进我的世界

如春天的风,夏天的雨

生活的曲折

教会了我要心存感激

感谢你耐心倾听我的故事

成为我身边难得的知己

人与人的相处

靠的是一份诚意

真正想去关爱一个人

不一定时刻,只要在心里

即使,远隔天涯

依然能守住深深的情谊

在岁月的长河中风雨同舟

感受着彼此间一路相随的默契

人生难得一知己

千里知音最难觅

一句轻轻的懂得,胜过千言万语

于无声处默默地支持

这何尝不是一种别样的美丽

感情虽然不是生命的全部

却是心灵深处最暖的相依

短暂的时光,静静的拥有

这样的幸福,我愿用一生来珍惜

留在你身边的是否还是昨日的风景

浅夏的微风

伴着一场细雨蒙蒙

将满纸的心事

寄洒于思念的天空

采一缕江南水墨

编织成水一样的柔情

那些春风花枝的过往

在清雅的文字里润物无声

喜欢雨

滴落在树叶上颤抖的心动

岁月,映入我眼帘

是如此清澈与透明

安静地听雨

把心念放在有你的故事中

我就会想起，一朵花的微笑

一片叶的深情

细雨纷飞的时节

低吟一阕雨花梦

那一丝丝清宁的眷恋

缠绕着天边看不见的云影

如果说

一份爱，初遇总会花开倾城

那么，当时光划过

留在你身边的是否还是昨日的风景

第八辑

一朵花对另一朵花的微笑

推开季节的轩窗
轻嗅春的味道
那些扑面而来的馨香
随思绪如烟般缭绕

一缕柔风
吹乱多情的发梢
一弯浅笑
触痛相思的眉角

你曾说
你是一朵爱笑的花
悄悄开在盈满芳香的街道
只等那个心爱的女孩走过
你会对她温情一笑

你还说

我也是一枝花

是根植在人心底的那种

永远永远都不会凋谢掉

就是那抹微笑

伴我在风风雨雨中飘摇

目光锁住时间的隧道

重回我们牵手相依的康桥

金柳湖边

凝望花开的曼妙

一朵远梦

在美丽的春天里妖娆

穿过我的天涯

抵达你的海角

轻轻触摸彼此的心跳

相守在一起，哪怕是每一分每一秒

心,沉浸于幸福的怀抱

我站在风景里

隔着日月静静打捞

打捞着

一朵花对另一朵花的微笑

绽放生命中朵朵馨香的永恒

一个人坐在温润的时光里
感受夏日轻柔的暖风
不奢望岁月赋予我葱茏
只愿默默守着那份简单与平静

回望,人生的路
仿佛是我们走过的春夏秋冬
即会遇到和煦的阳光,万里晴空
也要面对风霜雨雪,严寒冰冻

于花开花落间微笑
于季节辗转中从容
在心灵的枯枝里
学会将绿意播种

寻找一片属于自己的天空
让飘逸的秀发在空中舞动
拾起一缕明媚与温暖同行
牵引着一个五彩缤纷的梦

以一颗宁静的心
去聆听四季的歌声
抹一掌春光,画一道彩虹
伴随清风明月的脉搏一起律动

喜欢,这样冷暖交织的人生
让我静静地感受着时光的馈赠
将一份热爱寄于如花的文字里
绽放生命中朵朵馨香的永恒

等待，思念中属于我的那片风景

鸟儿衔着夕阳的红
想画一个春天
在冬日的天空

轩窗外
寂寞的常春藤
正在用绿色编织着对未来的憧憬

林间的小溪
绕过一道道岩石
为她蜿蜒着一曲柔软的梦

一树黄叶
幻化成蝶
随风将光阴雕刻成景

藏在花蕊里的秘密
守望着灵魂的惊鸿
将一片片热烈悄悄插入瓶中

时光的长廊里
春的枝头又看见那一朵娇艳
绽放倾城

在素白的宣纸上
描摹大自然将想念深种
一程山水，一弯日月
都荏苒着天地间爱的永恒

用清丽的心
贴近生命里最美的感动
我愿含笑站在水陌之上
等待，思念中属于我的那片风景

春光虽好,却不尽相思意

溢满阳光的轩窗下
芬芳婉约在季节的眸里
光阴的转角处
演绎着多少朝花夕拾

微风吹开一页书
我从字里行间寻到你的影子
那些曾经的美好
翩然落在心上兀自清丽

盈一怀似水柔情
将丝丝缕缕的暗香收入记忆
我用文字摆渡思念
打捞着年轮深处的点点滴滴

心疼的字眼

游走在温婉缠绵的诗句里

每一段文字

都蕴含着寸寸惆怅的相思

岁月留下浅笑

渗透了昨日烟花的最后一笔

多想,轻轻飘过你的城

借着,风的足迹

好一朵迟绽的彼岸花啊

就这样痴痴地等在季节的旖旎里

只叹

春光虽好,却不尽相思意

思念的声音,还在原地

喜欢用馨香濡染一抹文字
然后,在这里静静地等你
等你,感受文字间的默契
等你,读我心中的悲喜

一段旧情,停留在旧年
多少爱已悄悄变成回忆
唯有那份懂得的暖
依然徘徊在脑海中挥之不去

把遗失的过往
写进一帘烟雨的诗韵里
或温润,或薄凉
唯愿,在岁月的繁华间
可以静心寻觅一缕时光的旖旎

浅浅的文字，盛放梦的羽翼

灵魂的对白终究隔着光阴的距离

但我知道，你是懂我的

懂我文字中的清寂

懂我字里行间的期许

水本无华

相荡乃成涟漪

将心底的期盼种于纸上

用温婉的水墨

淡写一幅如画的诗意

其实

你来或不来

我都将会在这里

在这里，继续编织我的故事

只是思念的声音，还在原地

一枚浅笑隽写在深秋处

坐在一捧清浅的秋色里
看落叶渲染着秋的情愫
柔风,吹散繁花
飘起一阕阕婉约的字符

对着轩窗铺开满纸心事
把若水的情怀凝成一滴透明的清露
闻着花香,听着鸟语
我的天空再一次寂静如初

眷恋,像一首诗
牵引着我在秋天里漫步
多少温情织就的柔软
若一缕花魂,开在心海深处

闲时,也会落下一笔

把一段爱情从初恋写到刻骨

轻挽着走过的真实

让那些美妙在字里行间安住

回忆典藏的温暖

清泉般缓缓流入心湖

窗前,那抹淡淡的菊香

是否可以留住你远行的脚步

素白的时光

心,在文字间起舞

你的名字,悄悄滑落

一枚浅笑隽写在深秋处

用文字怀念曾经的梦想

推开记忆的轩窗

你的名字是最浪漫的印象

朵朵玫瑰沁着花香

飘满那一季秋的过往

十月的天空秋高气爽

独自去图书馆像往常一样

楼梯的转角遇到你的匆忙

我们邂逅了那次不期的相撞

难道心中早有爱的火花

在不经意间擦出光亮

彼此只是对望那一眼

羞涩的花便在秋天里悄悄绽放

我们一起在书海中徜徉

我们并肩于知识的殿堂

你的温柔如清风拂面

你的深情令寂寞的心不再空旷

花叶伴随风飞

光阴随着季节流淌

当昔日的玫瑰不再痴狂

遗落的只是青春的迷茫

一季花开会丰盈一段时光

一段时光会令人一生难忘

你就是我生命中的一季花开

我会用文字怀念曾经的梦想

让你住进我春暖花开的梦里

喜欢在如水的日子
静静的沐浴在阳光里
任微风轻拂着划过耳边
撩起我心中一缕缕嫣然的回忆

那是人生中最美的一段插曲
犹如桃花盛开在春天里
幸福蜿蜒一路绵长的挚爱
染了季节,醉了天地

携着一抹浓浓的暖意
依偎在有你的世界里
你的柔情似一弯潺潺的小溪
绵延在我温婉清澈的心底

快乐的时光总是太匆匆

一个转身已是天涯的距离

我们用心雕琢的那树美丽

随着哭泣的花瓣洒落一地

你说,你会回来

会带给我一份浪漫的惊喜

于是,我站在岁月的渡口

等待着花开花落,一季又一季

谁的思念在诉说心语

树叶上的露珠可是我想你的泪滴

今生若不能与你执手相握

就让你住进我春暖花开的梦里

你是我掌心中不变的暖

微风轻吻着蓝天
桃花朵朵娇艳
欢快的鸟儿树上流连
眼前呈现出一幅春的画卷

溪水旁,观花红柳绿
心在美丽的怀想中悄然温婉
往事犹如一片片馨香的花瓣
重温遗落在时光深处的那缕情缘

恰好的季节与你相遇
最初的爱在懂得中生暖
你的真情填补了我内心的空旷
幸福,阳光般在春天里蔓延

一场风花雪月的浪漫
一纸水墨丹青的缱绻
我把时间折叠成心底的期盼
在岁月的年轮中珍藏无尽的欢颜

万千情意却难久留
转眼我们又隔万水千山
我，独自静守异国
等待，变成最温暖的牵念

人生终究会有遗憾
总是离别后才体会到伤感
爱的梦想依旧停留在昨天
你，是我掌心中不变的暖

是你,陪我走过人生的四季

静听一首曲水一样划过心际
思念在这无人的夜晚肆意
回望红尘邂逅的风风雨雨
是谁伴随着我漂流过四季

你迈着轻盈的步伐走在春天里
带给我阳光般的朝气
你的微笑像那盛开的桃花
灿烂着成为我梦中的伏笔

夏天的你会为我在树荫下弹琴
一遍遍唱着我喜爱的歌曲
深情的眼神,唯美的旋律
将我的心用温柔一次次撞击

秋天带来的是曼妙的思绪
我们在月下牵手相依
仰望天上的星星诉说心语
缱绻着人生中最美的诗情画意

雪花漫天飞舞的冬天
我们驰骋在银白色的世界里
并肩滑过雪天一线的边际
为经年的回眸留下浪漫的足迹

是你，静静陪我走过四季
几多惆怅，几多欢喜
我会将每一个画面层层收集
写进属于我们的爱情故事里

第九辑

天边的彩虹

仰望天边的彩虹
高架在云与雨的上空
那多彩的圆弧
仿佛是能拨回记忆的时钟

雨滴翩翩舞动
轻吻着柔柔的风
在阳光的照射下
呈现出一帘绚丽氤氲的梦境

记得我们曾漫步于蒙蒙烟雨中
手牵着手脸上挂满幸福的笑容
你为我撑起的那把油纸伞
占据了我心中所有的天空

岁月的脚步从未停留

依旧怀念那份最初的感动

你的温柔如和风细雨

在我的心池里拨动成永恒

如果有一天

你的梦里也出现一道彩虹

不要惊讶它无端入梦

那是我对你浓浓的思念

化作了追寻你到天边的那段旅程

悉尼，飘雨

悉尼
又飘起了撩人的细雨
你是否也嗅到了南半球潮湿的气息
眼前
是否会出现雨中漫步的画面
粉红的折伞下我们牵手相依

情人港的雨啊
一滴一滴，一滴一滴
正在从我期盼的眼神启程
慢慢流淌到你遥远的心际

没有你陪伴的日子
我依然踯躅于这浪漫的烟雨里
或许，我永远都不会忘记

比如,我们对望的眼神

比如,我们相拥时倾诉的话语

也许,明朝我就能望见一道彩虹

也许,我还会在这雨雾里迷离

比如,你为我轻拨秀发时的温柔

比如,我们曾呼吸着彼此的呼吸

时光真的是在远走

悄悄地淹没着一起走过的痕迹

比如,我们相逢时那份心动的欢喜

比如,你身上淡淡烟草的香气

情人港的雨啊

如此多情的雨

就这样一滴一滴,一滴一滴

飘逸在思念的风中

淋湿着我那一段美好的回忆

北京,我的家乡

独自生活在异乡
一边行走,一边怀想
那些旧时光里的故事
洇染着记忆中思念的诗行

从小生长在北京
那时候的北京
有的是蓝天,有的是阳光
最喜欢做的一件事
就是和小伙伴一起在院子里把歌唱

熏着微风,染着花香
青涩的面孔,红色的砖墙
那阵阵发自内心的欢笑
至今都还会在我耳边回响

无论是春夏秋冬
我们总是骑车跑在大街小巷
穿梭胡同，围绕城墙
无拘无束地将青春尽情的绽放

在外面玩儿累了
家是最温暖的避风港
隔着窗，就能闻到妈妈做的菜香
那味道，是我一生的难忘

长城，故宫，天安门
留下太多儿时记忆的珍藏
古朴的街巷，亲人的目光
是深埋在我心底永远的印象

我知道，外面的世界总要去闯一闯
所以那一天，我背起了行囊
一路风雨，一路阳光
朝着属于自己未来的方向

梦在飞,承载着希望

可是,无论走到哪里

我都不会忘记,我是一个北京姑娘

还有我的亲人,我的家乡

我期待

我没有去过北海道
是你
让我知道那里有美丽的羊蹄山

我没有去过意大利
是你
让我知道那里有时尚的米兰酒店

我没有去过法国
是你
让我知道那里有盛大的巴黎时装展

我没有去过希腊
是你
让我知道那里有迷人的爱琴海岸

是你

用手拉着我走进你的生活

是你

用心带着我跟你走遍海角山川

你答应过我,总有一天我们也会

一起去北海道山中滑雪

一起去米兰在雨天逛街

一起去巴黎看时装表演

一起去希腊牵手海岸边

我知道,你一定会

带我去世界上所有美丽的地方

只有我们两个人,再也不分开

那将会是怎样的浪漫啊

我好期待

我用掌心托起这份爱与暖

当思念溢满笔尖
心绪便沿着蓝色的河流
飘向有你的遥远
纸笺上开出朵朵文字的花
携馨香描摹记忆的弧线

穿过三月的轻寒
拾起丝丝温情的画面
剪一抹暖暖的春色
让寂寞的心悄然温婉

往事朦胧如烟
氤氲着彼岸花开的流年
是谁为我种下一场倾城之恋
打造了一个属于我们的浪漫春天

岁月苍老了容颜

却留下对爱的亘古不变

盈一份恬淡，系一段情感

不能朝夕厮守，仍可默默相伴

一生的时光

宁愿，雨巷望尽阑珊

勿忘，相约来世的路口

不见不散

相思无涯

等待无边

回望一路芬芳如兰的缱绻

心中依然灿烂着人间四月天

风轻云淡

褪尽了冬日的苦寒

款款柔情在花叶间舒展

采撷一片紫萱，写满眷恋

我用掌心托起这份爱与暖

我依然是你胸口前那颗永远的朱砂痣

午夜，心在低语
一弯相思，融入白色的月光里
透过万点星空
你是否能看到我想你时的甜蜜

思念，绘出一段旖旎
镶嵌在浩渺无边的天际
湖面中倒映的一轮明月
点燃了天地间万千情思

轻轻打捞流年
幸福，漫过心海的岸堤
生命路上，你我一朝相遇
缱绻了彼此一生的相知相惜

其实,我并不完美

是你的爱让我变得如此美丽

你用一场灿烂的春暖花开

温暖了我原本寒凉的心

洒满风花雪月的日子

我们微笑着牵手走过浪漫的足迹

直到今日,远隔天涯

仍抹不掉你身上盈满芬芳的气息

或许,所有的刻骨铭心

都会婉约一首动人的旋律

三千青丝的牵挂为你飘起

铺满相思的手指隽永着笔下最美的诗句

时光悄然流逝

深深的爱早已根植在岁月里

今生,虽不能做你的窗前明月光

却依然是你胸口前那颗永远的朱砂痣

你没有牵起我的手,却在悄悄触碰我的心

天空中飘来一朵云
阳光将云影投入湖心
水岸边住着一片森林
密密麻麻的枝叶洒满了光阴

低眉行走于红尘
遇见是一种不期的缘分
一阕盈盈花香
不经意点醒了如水般清澈的温润

或许,一朵云只是偶尔投入湖心
或许,一片森林只为一只鸟儿遮荫
而我却想把这流动的光影攥紧
弹奏出大自然最美的音韵

和着月光与星辰

细细聆听来自遥远的声音

看着你的笑容由远而近

我感受到了你柔情里那份醉人的温馨

与一个人隔着千山万水

依然能读懂彼此的眼神

优雅的距离摆渡着日月

思念蛰伏在心底漫过红尘

在这寒冷的季节里

双眸中闪烁的是冬天背后的春

相思渡口留下你迟来的脚印

羞涩的梦里开出了花香氤氲

时光可以把梦编织成锦

能拨动心弦的一定是知音

远方的你

没有牵起我的手,却在悄悄触碰我的心

今晚,我在雨中独自吟唱

夜幕下,烟雨迷茫
一个人漫步在萧瑟的街道上
飘飞的雨滴淋湿了脸颊
双眼模糊成一片淡淡的忧伤

孤寂的心随思绪在流浪
沿着记忆寻找有你的梦里水乡
将昔日的美好轻轻回放
一幅如诗的画卷在脑海中徜徉

或许,每个人的岁月里
都有一条悠长的雨巷
那些倾城的情怀
在小巷深处疯长成青藤般的渴望

回首繁华落寂的人生

走过转身天涯的惆怅

在这飘雨的季节里

就让所有缱绻的情思一起逆风飞扬

追逐梦想中那抹明媚

把爱藏在心底最柔软的地方

用温存暖尽那一湖烟雨的寒凉

乌云不会永远遮住太阳

雨，淋漓在六月的花巷

丝丝缕缕，却不能冲淡你的芬芳

思念的歌穿透夜色的苍茫

今晚，我在雨中独自吟唱

回忆依旧残留昨日的余香

院子里碎了一地的月光
风中飘浮着淡淡的花香
仿佛,那怀婉约的心事
呢喃着在月下低吟浅唱

轻轻拾起曾经的过往
依旧会看到你微笑的模样
你如花开般走进我的生活
灿烂了那一季美好的时光

幸福的来临让人猝不及防
刹那间凝成脉脉馨香
你为我摘下花儿的芬芳
摇曳起我心湖的涟漪在微微荡漾

光阴从身边静静流淌

渐行渐远模糊了你的方向

没有了昔日的地老天荒

只能用微笑隐藏忧伤

思念在忧伤里流浪

牵绊早已画在心上

誓言再美也只是过往

就让它永恒成生命中的守望

我会收集月下点点光亮

装扮我文字里的凄美诗行

纵使幸福的花儿不再绽放

回忆依旧残留昨日的余香

当时间把想念变成想起

独坐窗边的一隅
聆听着熟悉的歌曲
只因那一首读你
悄然打开了我久远温馨的回忆

记得我们初相识
是在漫天飞雪的冬季
笑容一如梅花的盛开
粉红的爱情绽放在银白的世界里

时间总是让人措手不及
幸福了短暂的相聚
又让我们各奔东西
只能在慢慢长夜中寻觅曾经的欢喜

隔着天涯的遥远
想念在我的心中挥之不去
我们携手走过的岁月
是藏在我心底永远的甜蜜

经年以后我依然会想起
虽然只是红尘中的一段插曲
如果，故事可以重新演绎
是否可以换得你一生的期许

我还是那个为爱而生的女子
沉浸在与你相恋的日子里
不管时间如何将想念变成想起
我都会在时光的渡口静静等你

# 第十辑

在逆境中学会优雅地起舞

人生是一条漫长的路
有平坦,也有起伏
轻拥一份淡然的心境
才能如花开般优雅的落步

倚在时光的静处
回望走过的一方心土
那些苦苦甜甜的韵味
渗透到身体的每一寸肌肤

想到经历过的诸多烦恼
其实有时无须过多在乎
即使真的失去短暂的幸福
还可以推开天窗接受风的呵护

如何在严寒风雨中驻足
在悲观失落时保持风度
那就让自己站成一棵坚强的树
以微笑向暖,将伤痛埋进泥土

生活中不会有永远的快乐
也不会有永远的痛苦
善于把握困扰你的情愫
心底的那朵笑容才会安暖如初

在逆境中学会优雅地起舞
淡看天边云卷云舒
踩着岁月的旋律曼妙于时光深处
轻松走过灿烂多彩的人生旅途

我找到了那个爱我的人

爱情是多么曼妙
我找到了那个心上的人
当我凝望他的眼眸
不需要任何语言
就可以把整个黑夜照耀

心里是怎样的自豪
我找到了那个爱我的人
无论我站得很高
还是跌落谷底深凹
他都会紧紧握住我的手
从来没有丝毫的动摇

应该为自己感到骄傲
我找到了那个疼我的人
不管寒冷，害怕

还是泪湿眼角
只要我需要
他就会给我最温暖的怀抱

生活给予太多的美好
我找到了那个我最爱的人
尽管一年又一年
我不再拥有美丽的容貌
他依然陪我倾世温柔
一生一世与我相守到老

朵朵花语铺成爱的诗行

晕开记忆的墨香
你的影落入我的心上
聆听，爱的呼唤来自远方
幸福，如盛开的花儿一样

很多时候喜欢冥想
想着第一次见你时的模样
那似曾相识的目光
将前世的缘凝成今生的守望

刹那间的温暖惊艳了时光
燃烧的爱把寂寞的心烛点亮
美丽心情
在优雅醉人的夜色里徜徉

六月，惹得满城花香
最美的风景诗意着念念不忘
潋滟那一季甜蜜的过往
思念的花再一次悄然绽放

剪一朵白云为窗
让月光洒在窗棂上
在交叠的错影里
细品花叶共舞地久天长

低眉，墨轻漾
任思绪在笔尖下飞扬
寻着那一缕如梦的芬芳
将朵朵花语铺成爱的诗行

母 爱

——心中永远的那份温暖

如何
将您一生的爱写进一首歌
又怎能
用几句话诠释母爱的伟大

好想
在心目上描摹一幅画
绘出我们四十年的母女情深
还有那份刻骨铭心的牵挂

以前只知道
我的童年有一个幸福的家
现在才懂得
那是因为您付出了太多的爱
才换得我儿时充满快乐的年华

还记得小的时候

总是看到您日日起早贪黑地上班

既要辛苦的工作,又要照顾好家

每天再困,您都会第一个起床

再累,也一定是最后一个睡下

我准备高考那年

您为我买辅导资料骑车跑遍北京的书店

有时自己生病了

还坚持陪我读书直到通宵达旦

拿到录取通知书的那一刻

我看见您脸上的泪水仿佛就在昨天

似水流年

鬓染了白发,催老了容颜

而那些饱含爱的记忆

却是我心中一幕永远铭记的灿烂

这些年一直有一个遗憾

就是在您年老的时候

不能陪伴在您身边

哪怕只是吃吃饭，聊聊天

其实

我每天都在做着同一个梦

那就是回家

去见我最亲爱的妈妈

相信

这一天不会太远

等我

请再给我两年的期限

转眼

又到了冬天

我拿出临行前您为我织的毛衫

对着镜子仔细的穿在身上

毛衣上散发着亲切而熟悉的味道

让我感觉由内而外的温暖

真的，好像此时您就在我身边

今天是母亲节
以往每逢这一天
我都会陪您一起
为家人做一顿丰盛的饺子宴
看到您开心的笑脸
我的心就会无比的甜

想您的时候
我会站在海边
把一只只折好的纸船轻放在海里
默默地祈求，求它
为我载去所有最美好的心愿

母亲
倘若您梦中梦到一只很小的船
不要惊讶它无端入梦
那是您挚爱的女儿含着泪叠的
万水千山挡不住遥遥思念
您是我心中永远的那份温暖

思念的花开在岁月的枝头上

三月,吹来阵阵花香
风,摇曳着春的希望
好想乘上这风的翅膀
飞向有你的梦里水乡

思绪,纷繁如花
沐浴着温暖的阳光
那些悠悠的思念
轻轻滑过岁月的长廊

这个时节
所有的眷恋都开成清欢的模样
婉约的眉宇间
流露着浸透相思的渴望

借春之手托起淡淡馨香

让桃花沿着思念的脉络疯长

携一抹恬淡于时光深处

为你，我愿把一路的美好珍藏

聆听花开的声音

心事在风中徜徉

将一腔纯情温柔地停放

等你牵手，重回江南的故乡

迎轻风满袖

芬芳一树香

思念的花开在岁月的枝头上

静静守候着那个有梦的远方

只为那某年某月的某一天

美丽的江南
我没有撑起那把油纸伞
却在开满丁香花的树下邂逅你的笑颜
令人流连忘返

烟雨蒙蒙的水岸边
幽幽小巷的青石板
不知我们牵手走过多少遍
只记得拥有你的每一刻幸福满满

爱,不经意出现
盛开一份不娇不媚的淡然
正如那花开的无言
默默轻舞在彼此的心灵间

明朗的晨曦

缱绻着阳光一样的灿烂

爱在枝头翩跹

眼眸里蒙上的是一层柔情的眷恋

光阴很浅

这份遇见是年华里最美的斑斓

心底的爱化作袅袅云烟

缠绕着你我思念的心田

多情的江南让人如此留恋

一尘烟雨,几许缠绵

那刻骨铭心的千古佳话

伴随着时光,醉染着流年

一袭沁心的情愫

等来一生守候漫漫

只因你曾经许下的诺言

只为那某年某月的某一天

就让思念飘过整个秋季

走在沙沙作响的落叶里
感受着秋的丝丝凉意
听耳边孤寂的风轻声叹息
望林中伤心的叶飘零满地

树，仿佛在哭泣
因为要与叶分离
此时，我的心似乎也开始淋雨
因为眼前的一切让我想起了你

时光，随季节流转
再一次触摸到温馨的往昔
那一场没有约定的相遇
将你的浅笑深深刻在我的心底

春风唤醒了三月的多情
心在如花的岁月中温婉成诗
一点桃红氤氲着羞涩的心事
我们的爱悄悄盛开在春天里

与你共闻花香的日子
让我永远地怀念与铭记
难道，这份美好只能留在记忆中
今生的缘要等到来生再续

我在秋天里追溯一个春天的故事
你的名字依旧握在我的掌心里
爱的花开迎来浪漫的相聚
叶的飘落却留下伤感与别离

一阵秋风起
吹乱了心中的思绪
片片落叶覆盖不了曾经的旖旎
就让思念飘过整个秋季

等待,你许我的那一场春暖花开

静凝窗外
晚风吹动树叶轻轻摇摆
悠悠花香扑面而来
沁染着我内心深处那寂寞的云台

拈一缕清风入手
心在那一刻也莫名温润起来
微妙的情愫点燃相思
难忘的一幕再一次浮现脑海

我们相拥在离别的站台
你紧紧抱着我久久不愿离开
你说,你会回来
会带给我一个不一样的精彩

你温暖的手传递着浓浓的爱

我知道,今生你终是我飞不过的沧海

梦里,为你绽放着一树树花开

梦外,任思念千万次的徘徊

三千弱水,一生钟爱

唯美的记忆从未忘怀

这份执着是否要用一生来承载

为你,我站成了望夫石的姿态

冬去,春来

我依然在痴痴地等待

等待,你重回离别的站台

等待,你许我的那一场春暖花开

我是否还是你心中燃烧的火焰

初夏的黄昏
远望夕阳红艳
见一对对鸟儿从天边呢喃着飞过
一股莫名的酸楚悄悄爬上了鼻尖

这是一份遥远的爱恋
在漫长的岁月中温婉缠绵
好似一个浪漫的爱情故事
演绎着一幅幅刻骨铭心的画面

最动人的情感就是彼此的想念
把每一个日子折叠成心底的期盼
安恬于那片泊满希冀的花园
守候着将会属于我们的春天

一树花开

可以暖到千里之外的念

看不到你的身影

就把所有的美好深藏在心间

时光流转

剪不断眷恋的丝线

越过那条相思的河

便会看到春暖花开的彼岸

霞光铺满天空

映红了我模糊的视线

你依然是我天空上那爱的火鸟

我是否还是你心中燃烧的火焰

让我在你爱的肩膀上轻依

三月的天空,微风徐徐
弥漫着花草芬芳的气息
百花,开暖了春天
粉色,温柔着脑海中的思绪

想着远方的你
脸上露出幸福的甜蜜
犹如一朵盛开的桃花
悄然摇曳着春的美丽

我们相识在飞雪的冬天
邂逅一段温暖的情意
那怦然心动的感觉
至今,依然还记得那么清晰

静静地沐浴着阳光
回味相恋的点点滴滴
当你把微笑绽放在我面前
我已把这份爱深深藏起

倾听,春天的呼唤
缱绻着浓浓的爱意
绵长于掌心的温柔
装点了这个季节的相思

沉醉在有你的世界里
望窗外花红柳绿
此刻,只想你就在身边
让我在你爱的肩膀上轻依

第十一辑

**爱可以把冬天变得温暖，
只要有真情在人间传递**

在边远的山区
有一群贫困的孩子
为了能去上学
每天要行走几十公里

茅屋就是他们的教室
摆放着几张旧的桌椅
从没有看见过新的书本
破旧的书包里装的只是一支笔

所有的课程只有一位老师
为了支教远赴山里
中午和孩子们同吃馒头稀饭
还要负责他们全部的生活和学习

冬天教室里需要生火取暖

身上穿的还是薄薄的单衣

即使小手小脸冻的红得发紫

也没有忘记在院子里升起五星红旗

中国有多少少年儿童

还会像他们这样生活如此艰辛

虽然是生长在同一个世界里

他们的梦想却是很低很低

他们只想要一间不再寒冷的教室

只想要一些简单的学习用具

每周的午餐中能有一顿肉吃

冬天可以穿上保暖的棉衣

我们还有什么理由再去与他人攀比

我们还有什么理由能平静地坐在这里

看着那些处在困境中的孩子

怎能不去伸出自己的手臂

如果每一个人可以尽一点点力
就可以帮他们解决很多问题
他们也是祖国的花朵
未来需要所有人的努力

为了山区这些贫困的孩子
就让我们点燃爱心的火炬
爱可以把冬天变得温暖
只要有真情在人间传递

你是我心中深藏的那份温暖

站在冬的边缘
仰望飞雪漫天
洁白的雪花伴着微风轻舞
牵动了我的思绪在空中飘逸盘旋

穿过层层梦幻般的雪帘
依稀看见你款款走到我面前
还是年少时那张英俊的脸
灿烂着昔日如花的笑颜

那曾是一份温暖的遇见
不经意催开羞涩的初恋
幸福的甜蜜映衬着梅花
美丽了那一季冬的画面

轻倚嫣然的时光

享受着一路相随的缱绻

你眼眸里传递的深情

瞬间凝望成一个永恒的春天

红尘携手走过

岁月染指了一世情缘

你为我种下的倾城之恋

随着你的身影渐行渐远

天涯海角阻隔了我们的视线

却剪不断你我朝朝暮暮的期盼

寒冷的冬天冻不住我的相思

你是我心中深藏的那份温暖

你是否可以选择再爱我一次

每一个飘雨的日子
喜欢静静的聆听滴答的雨滴
轻依一湖氤氲缭绕
细数着雨滴里那些浅浅的心事

我们是在最美的年华里相遇
那时,我刚刚走进十八岁的花季
你悄然用心摘下了这朵美丽
默默捧在你温暖的掌心里

怀揣着一缕缕温柔的情思
幸福的花儿吐露爱的心语
空气中飘满醉人的甜蜜
阳光下我们沐浴着浪漫的诗情画意

岁月的脚步在慢慢前移
时光终是将所有的美好丝丝抽离
秋风吹走了花叶的芬芳
一袭烟雨过后落红满地

昔日娇艳的花朵已层层凋谢
再也看不到它曾绽放枝头的痕迹
好想将忧伤的花瓣片片拾起
重温那段明媚过春天的甜美记忆

我是一个恋旧的女子
总是深深沉浸在回忆的执念里
如若，来生赠你一场春暖花开
你是否可以选择再爱我一次

让我的心静静地睡在你的心上

柔柔的月光轻洒湖面
给平静的湖水披上淡淡的银装
风里飘浮着一丝雨后的花香
摇曳着我的思绪在微微荡漾

回首昨日走过的风景
我们的那段美好总是念念不忘
你憨厚的笑容，深情的目光
将一片绵长的情织成挚爱的网

任青春在你面前尽情地绽放
呼吸着你的脚步踏出的芬芳
就这样幸福地依偎在你身旁
倾听你为我弹奏地久天长

微笑着于岁月中沉醉

温婉的情思在心弦流淌

触手可及你那火热的心房

温暖了季节，感动了时光

风，轻轻地吹

顺着指尖感觉丝丝微凉

思念在月下低吟浅唱

心在默默地追逐着梦想

夜色的温柔撩开梦的纱帐

对着月亮我许下一个愿望

愿我们可以在这浪漫的夜晚共枕月光

让我的心静静地睡在你的心上

下一个幸福讲述的依然是我和你

柔风吹来熟悉的味道
纷飞的花瓣飘落满衣
清幽的花香阵阵扑鼻
那是你我最爱的玫瑰的香气

昨日,你曾用鲜花百朵
为我送来一场浪漫的惊喜
深深的情意跨越时空
在我心底种下爱的甜蜜

今天,我站在春暖花开的季节里
任芬芳的思绪漫过心海的长堤
伸手,采撷一枚风中的念寄予你
只想告诉你,其实我从来没有把你忘记

玫瑰,花开无言

却温婉着无尽的相思

看漫天飞花零落成泥

为何,我会潸然哭泣

将一片片花瓣轻轻拾起

夹进我心爱的日记里

如若,每晚的文字染上玫瑰的花香

曾经的那份柔情是否便会触手可及

把沉淀的心事揉进梦里

让心中的玫瑰开满你的城池

如果,爱真的有天意

我希望下一个幸福讲述的依然是我和你

我把故事收藏在日落的黄昏

凉风阵阵

吹得花叶飘零纷纷

静听一场落花的声音

仿佛在触碰内心淡淡的伤痕

独自在夕阳下漫步

凝望天边红艳的浮云

你的笑容由远而近

你的身影再次投入我的心

回望走过的岁月

找寻你曾撒下疼爱的眼神

初遇的馨香萦绕思绪

于淡然里感受那份醉人的温馨

风中一枚落花

悄悄跌入我的掌心

抬眼已望不见昔日的繁华

片片花瓣凌乱一地的缤纷

有时思念太重，记忆太深

只想让错落的爱随风成尘

然后默默拾起曾遗失的天真

尘封昨日青梅竹马的缘分

无数次说好要永远的人

为何会留给我数不尽的泪痕

刻骨铭心的那段情从此不想再过问

就让我把故事收藏在日落的黄昏

今晚,我正在静静把你思念

静倚窗前
遥望繁星点点
身处异国他乡
心却在有你的城市流连

这个春天很暖
因为和你遇见
或许你就是我前世的缘
注定会停留在今生的擦肩

你,与春风同行
笑容如花般的灿烂
你深邃的眼眸
照亮了我寂寞的花园

爱，感动了春天

盛开着倾城的明媚与娇艳

我们徜徉在一片春暖花开里

缱绻着如诗如画的浪漫

一朵花开可以见证整个春天

一场爱恋在岁月中惊艳

隔着文字和你牵手

执着的爱已把秋水望穿

月光下，追寻着你的脚步

你的身影浮现在我面前

一幕幕幸福回放脑海中

今晚，我正在静静把你思念

是否可以让我再做一次你的新娘

曾经有过绝望

那是一种极度的悲伤

面对眼前灰蒙蒙的世界

我的心跌入了最冷的冰凉

茫然走在喧闹的大街上

听着车水马龙的过往

抬眼却看不到一丝光亮

眼泪默默在心底流淌

黑夜为何如此漫长

再也走不出心痛的迷茫

直到有一天，

你，走进我的生活

我的世界出现了阳光

你用行动为我做着榜样

鼓励我要用泪水浇灌坚强
用双手创造心中的梦想

爱点亮了我的心窗
悄然掀开梦的纱帐
你的执着唤醒我对爱情的渴望
灿烂的笑容趋走情感的荒凉
一朵馨香绽放在你温柔的手掌
生命之花依然可以这样芬芳

命运注定了我们的不完美
所以我们比常人更加珍惜时光
相互搀扶着把生活的歌唱响
携手与岁月一起地老天荒

好想,看一看你的模样
当我依偎在你身旁
轻轻抚摸着你的脸
只想永远把它记在心上

我们紧紧牵手

朝着幸福的远方

面对苍天我许下一个愿望

如果来生我们可以重见光明

是否可以让我再做一次你的新娘

爱悄然盛开在春天里

我们在冬天里相识
邂逅一段温馨的情意
仿佛每一个擦肩都会有感知
飘飞的雪花增添了这一季的迷离

时间一分一秒走过
我们只是短暂地相聚
从你脉脉含情的眼神中
我读到了你内心的欢喜

转眼又回到天涯两岸
总是寻望那一幕幕往昔
相逢是如此诗情画意
一缕淡淡的情思悄悄潜伏在心底

终是季节打破了沉默

春风送来了天涯海角的讯息

幸福绵长在一路挚爱里

沉淀的心事婉约成唯美的结局

这个春天

收获了意想不到的美丽

一树温柔，远隔山水

依然曼妙着醉人的旖旎

窗外，轻风拂面

空气中氤氲着甜甜的气息

一江春水，花香漫过

爱悄然盛开在春天里

爱是生命里永恒的一首歌

记忆犹如一本载着时光的簿册
安放在我心中寂静的角落
每当,耳边拂过晚风
便会吹起那一页页往事在低声诉说

爱是生命里永恒的一首歌
我们每个人都是虔诚的歌者
你的歌声曾带给我无尽的欢愉
你的身影曾把我的视线淹没

你常说,世上虽有百媚千红
但只有我才是你独爱的那一个
如同蝴蝶恋上了花朵
一生只为停留在这一刻

为了爱,你愿等候

虽然我们有万水千山之隔

心中装满海誓山盟的承诺

彼此轻握着那份默契的懂得

流年是首无字的歌

写下了我们走过的悲欢离合

对着闪烁的星星诉说寂寞

把所有的思念寄予天上的云朵

轻轻铺开一纸素笺

描摹着我们在一起时的快乐

阳光下,庭院里

蝴蝶围绕百花,你追逐着我

第十二辑

好想，做一朵盛开在你心中的白莲

度过了严寒的昨天
听今日的风在柔柔呢喃
回望光阴的一去不返
岁月留下的是难以割舍的牵念

惹了一季的伤感
片片柔情散落在心间
隔着月光水岸
悄悄典藏着你无声的笑颜

思绪如花般萦绕
心会莫名地安静与柔软
一路走来，温馨相伴
浪漫的爱情于春天里蔓延

剪不断刻骨铭心的牵挂
独自徘徊在相识的原点
那些被时光浸泡过的画面
无数次回放着甜蜜的瞬间

用纤柔的手指拈起纷飞的花瓣
残留的花香如藤蔓溢满心田
挽起一缕清风拴上我的眷恋
让月光为你送去这份柔情绵绵

因为爱，所以思念
好想，做一朵盛开在你心中的白莲
携着纯洁无瑕的爱恋
只为你绽放，直到永远的永远

上世纪那场最感人的分离

1912年4月14日
是一个充满恐惧的日子
乘载着千人的泰坦尼克号客轮
无情的消失在茫茫的大海里

直到百年后的今天
人们依然在心痛和惋惜
那一幕幕催人泪下的故事
令无数人为之震撼而无法忘记

将思绪拉回到记忆的画面里
那晚,游轮与冰山发生撞击
沉船的灾难即将来袭
船长命令把救生艇先让给儿童和妇女
大部分乘客保持着清醒和理智
也有一些人则拒绝与亲人分离

一位丈夫问妻子

你为何不愿上救生艇，穿上救生衣

妻子竟笑着回答

不，无论发生什么，我都要和你在一起

一位法国商人

把两个孩子送上了救生艇

亲吻着并在耳边叮咛几句

自己却没有上船

孩子们就这样永远地失去了父亲

唯一的银行大亨，身家过亿

资产可以建造十几个泰坦尼克号

然而，在生死面前

他选择把生的机会留给别人

把无望留给了自己

一对年迈的夫妇

紧紧挽着彼此的手臂

蹒跚地走到甲板的藤椅上坐下

像一对鸳鸯要准备安栖
等待最后的时刻仍相守着不离不弃

倾斜的甲板上
八位音乐家沉着地拉着小提琴
表情镇定仿佛对死亡早已无所畏惧
那些飞翔的音符
把他们的生命和音乐一起带到大西洋底

当船尾开始渐渐沉没
亲人们开始了最后的生死别离
那一刻,所有人呼喊的只有三个字
我爱你,我爱你
撕心裂肺的叫声划破了夜的沉寂
冰冷的海水在无声哭泣

泰坦尼克号讲述的是一个爱的悲剧
让后人目睹了上世纪那场最感人的分离
多少普通人用生命见证了人心的高贵
为我们诠释着古老却永远年轻的人生价值

一支素笔留下岁月最美的见证

每一次拿起笔
都会是一场心动的旅行
我,游走于青山绿水间
描摹大自然,赞美生命

多想
可以长出一双伸向天空的臂膀
扯下一片洁白的云
或是一缕火红的太阳
覆盖所有看见的和看不见的伤痛
点亮隐于心灵深处精神的图腾

用一双清澈的眼睛
追逐繁花似锦,看遍落叶飘零
记取光阴中暖暖的微笑
在一卷素白的纸页间

写下,蝶舞花红

将,夏的柔美

春的葱茏

秋的冷艳

冬的纯净

连同一点一滴落墨于纸笺上尘封

待到经年之后

曾经所有美好的情愫

都已在尘世烟火里凝结成永恒

握一支沾满明媚的笔

轻轻编织着时光静好

挽起一片欢乐与自己同行

吸取文字间的养分

芬芳内心深处那朵生命之花

借一份夜的安静

聆听拂过心海的一缕清风

那些浮在水上的文字

便是

一支素笔留下岁月最美的见证

是否愿与我弹一曲千古绝唱

风,轻轻柔柔
花,淡淡飘香
微凉的秋雨淋漓在小巷
也淋湿了我心中那浅浅的忧伤

阑珊夜独坐西窗
听雨点敲打在窗棂上
满满的柔情在寂寞中徜徉
思念的羽翼渲染着黑夜的漫长

自己的心此时也与雨一样
丝丝缕缕沁透着薄凉
回忆那段难忘的时光
仿佛随着我的思绪在低吟浅唱

多么希望光阴的故事可以很长很长
长到可以抵达地老天荒
不问过去未来
不染风月惆怅

独自徘徊在相逢的路口
眸光期待地注视着远方
念想栖居在飘零的希冀上
隔着时空种下一生孤独的守望

往事如殇
泪落成行
若，不能与君共奏高山流水
是否愿与我弹一曲千古绝唱

七月,幸福的味道

七月
阳光在树梢上舞蹈
花儿
端坐枝头旖旎地笑

背靠着清浅时光
把心融进大自然的怀抱
让那个属于我们的爱情故事
在一片绿色的诗意中诉说美好

几朵心思
在安恬的情愫里妖娆
洁白的花瓣
悄悄覆盖着大地的喧嚣

静守一袭嫣然
聆听思念的声音独自奔跑
心拥满窗明媚
将眷恋于姹紫嫣红中轻描

绵绵细雨
滋润了尘世间每一根花草
天边的彩虹
闪烁着夏日里生命之曼妙

七月
蘸一抹幽微的花香
将片片心语揉进微笑
原来,这才是幸福的味道

清明的雨,是我想您的眼泪

——献给我的祖母

走进四月
看烟雨霏霏
山上的枝柳,静默
一念,在南方之南
一念,为北方之北

落红微雨
打湿了多少经年的回味
只有时光知道
自从离别之后
这漫长的思念是为了谁

心事无从与人言
尝过了骨肉分离的聚散
方懂得有亲人疼爱的滋味

太多的爱来不及诉说

就让我在梦里与您相随

眼前又出现您年轻时的模样

风儿，吹过发丝

依然是那么美

轻轻，拎出一抹微笑

恍若看见了隔世的轮回

清明的雨

是我想您的眼泪

爱在流年里飘飞

淌过时光那条河

今生，只为您思念成绘

念

——纪念张国荣

一张俊俏的脸
却藏不住忧郁的眼神
如梦如幻月
若即若离花

风,吹来的时候
我们曾遇见
你擎一束蔷薇
不经意引燃寂寞的火焰

风儿轻轻
吹进我的生命
只是那一眼
让我的时光里尽是你清晰的容颜

直到有一天
一片鲜红悄然陨落
我才知道再喜爱的人
也有走远的一天

几滴红色
根植于烟火深处
那只凄美的蝴蝶
何时还会在夜的深邃里缠绵

流金岁月
风，吹皱了我的脸
你的名字
却只能永远与梦相连

最美的四月
落了花，落了柳
我的山水
从此，无人照看

乡愁

风雨来袭解乡愁

愁在心中夏似秋

秋水一泓独守候

候盼相约渡兰舟

正月十五思故乡

元宵煮温暖

月光寄思念

怎奈天涯远

花好月难圆

望 秋

望，一山枫浓
拾，一片落红
感，一丝风冷
叹，一季匆匆

端午情

——中国味

浓浓粽香沁心扉
悠悠情思越山水
华夏儿女共此时
传承千古中国味

一颗红豆

我是一颗南国的红豆

开在离你最远的深秋

遥遥思念可把山水穿透

只为触碰你心中那片最软的温柔

第十三辑

六月，花开无言

一朵花开

不在乎有多鲜艳

意，在其中

盛放洁净与安然

拨开沉思的花瓣

寻到几丝清雅的内敛

一曲辞赋

深情滑落素白的纸笺

虽是陌上花

依然有风能看得见

只等你睁开双眼，伸手触摸

便会有温暖洒在你的窗前

花开是爱情

花香是思念

我将它们一一收藏

合于书中，熏染我的字里行间

倾听，岁月

一卷花语低吟缱绻

透过夏的眉梢

潋滟了似水流年

美丽，不动声色

只取心香明媚天涯两岸

六月，花开无言

你懂，便是晴天

风,轻吻着一朵梧桐花

五月的梧桐花

情窦初开

一簇一簇

嫣然了整个浅夏

散发的清香

绕过尘世的繁华

与山水相依

不语也清雅

淡淡的紫色

绵延无尽的牵挂

我在温暖的时光里

等待一份心意的抵达

曾经

你在左,爱在右

曼妙的感觉

如同守候一场美丽的童话

情到深处

风中有你,花开是你

幸福溢满羞红的脸颊

岁月也变得如诗如画

风,轻吻着一朵梧桐花

相思,染指了年华

我们的秘密就藏在花蕊中

慢慢陪我,从青丝到白发

你送的玫瑰,依然花开生香

喜欢玫瑰

你送的玫瑰

连同它的花语

它的花香

我们的故事

从一束玫瑰花开始

深深的爱,远渡重洋

将万缕柔情妥帖成生命中的守望

花瓣是跳跃的情愫

染了整个季节的芬芳

光阴,撒下朵朵明媚

装点在素白的衣襟上

一朵花开的姿势

恍若思念张开了翅膀

我在安静的风中

看见鸟儿正在一路向北飞翔

空气里淡淡的香气

潋滟着不曾消瘦的时光

我们相约的那条小路

还是当年枝繁叶茂的景象

其实,只想告诉你

不管爱的冬季有多漫长

你送的玫瑰,依然花开生香

你给予的爱,我从未遗忘

完整的味道，给你

是谁的潜入
在搅动一江水
乱了
风景

一粒粒透明的心思
甜甜的
被绿叶包裹
搅了
情怀

捆绑吧
一圈一圈
紧一点，再紧一点
心愿在此集结

然后
是烈火,是沸腾
完整的味道
给你

五月,送一朵康乃馨给你

五月,送一朵康乃馨给你
花很轻,爱很重
里面装的是满满的思念与感恩

那一片片花瓣啊
记录着我们共同走过的岁月
有温馨,有感动
最多的
还是您付出的勤劳与艰辛

人们
常用太阳的光芒
形容母爱的温暖
用大海的宽阔
比喻母爱的深厚

可我还想

用光阴的画笔

为您勾勒出晚年时的幸福

画上千百遍

用时光的长度

丈量我们相依相伴的日子

许下一万年

从春天开始,到春天结束

你不联系我
怎么会知道我过得怎样
大好的年华里
我就这样一个人默默独行
直到太阳升起又落下
花开一季又一季

听雨,看云
风起风落的尘埃
还有那些隐隐约约的黄昏
看得见,却摸不着
正如你来了,花红柳绿
你走了,无声无息

世界不大
一颗心是否可以装下

有时，爱真的需要勇气

因今夜而疯狂

或因今夜而死去

许多许多场景

许多许多记忆

留恋也好

不舍也罢

最后，都将成为季节里的插曲

暖了冬，凉了夏

一并没入时光

一并沉寂于世

而我

依然带着骨子里的高傲

继续前行，往远方

故事，从春天开始

到春天结束

三月,播种自己

三月
播种自己
一个眼神
一片春意

几朵桃红
加上几朵桃红
一叶碧绿
挨着一叶碧绿
春色,毋须涂染
大自然
只有你想象不到的美丽

春,孕育生命
一怀情愫
自此萌芽

花事，凝结成种子
小小的心思若水
融化

渗透，土壤
待心蕊，绽放
沿着长长的绿色
浇灌深处的思想

呼吸，一朵三月
细雨，阳光
风，染了柳枝
摇曳一树青涩的渴望

二月，一纸风景

从一首诗里潜入
我的二月
有一些悸动
有一些多情

红尘中淹没的故事
恍若天边的云影
翻卷莫名的心思
时动，时静

一缕诗韵
不经意被风吹醒
案头的纸笺上
一页素白悄然开出朵朵娉婷

二月的渡口

小桥，流水，细雨，长亭

心，于时光中沉醉

欣喜，你与我许下的约定

这个季节

清瘦的枝，匿藏爱的影

一只蝴蝶从花前飞过

默默，轻盈

二月

属于你，属于我

你恰好来，我恰好在

邂逅，初春

一纸风景

为你

为你,我把文字期待成相见
为你,我把文字浪漫成相恋
为你,我把文字装扮成花园
为你,我把文字华丽成盛宴

为你,我把文字编织成心愿
为你,我把文字芬芳成思念
为你,我和文字结下今生缘
为你,我与文字缠绵到永远

秋声可曾老

深邃的夜幕下
氤氲着秋的味道
林间草木点点清幽
触痛了相思的眉角

秋日,宁静而漫长
悄悄更替着经年的面貌
那开满庭院的菊花
轻轻温婉着记忆如潮

此中滋味
又有谁可以明了
一朵菊洒下的温柔
瞬间将丝丝寒意笼罩

剪一程浅秋
只记取这一季的微笑
携一缕淡雅的菊香
追随你到天涯海角

借着半弯新月
把如水的情思
摇曳成笔尖的曼妙
在春花秋落间
静静将生命中最美的眷恋轻描

菊花香满地
秋声可曾老
你听
窗外，一曲动人的心音
正在秋的琴弦上舞动妖娆

端午，念

一层一层粽叶
包裹化不开的乡愁

一道一道丝线
缠绕剪不断的思念

一粒一粒糯米
装满爱的温暖

一口一口品尝
传递最真情的祝愿

愿所有的朋友端午节安康

这次回来，再也不会让你走

——马航 M370 纪实

夜幕幽幽

楚楚春愁

望断归来的路口

却寻不到你熟悉的眼眸

时间，仿佛已经停止

只听到嘀嗒的钟声一次次在心上重扣

这种煎熬还要持续多久

我的心已无法承受

亲爱的，你在哪里

你可知道我正在撕心裂肺的等候

你是否能看见我满面的泪水

和那双哭得红肿憔悴的眼眸

沉默的都市灯火依旧
点燃一支支蜡烛在风中祈求
求你能早日平安归来
我这一生便已足够

何时，还能再牵你的手
与你相约倾世的温柔
今生今世彼此用生命来守候
这次回来，再也不会让你走

我只能选择不会将你遗忘

——纪念汪国真

你说

你喜欢出发

不愿让昨天的风景

成为今天的羁绊

你说

你喜欢出发

要见一见高山的巍峨

沙漠的广袤和大海的辽阔

不能让人生留下遗憾

你说

没有比人更高的山

没有比脚更长的路

你说

风不能使你惆怅

雨不能使你忧伤

可是,你知道吗

风雨真的没有使我惆怅

但你的离开却令我忧伤

你,奔赴着你的风雨兼程

却让我失去了结伴同行的力量

人生短暂,道路漫长

也许,垂下头颅

只是为了让思想飞扬

既然,你已经选择走向远方

那么,我只能选择不会将你遗忘

爱,永远不会老去

今夜
时光煮雨
我将所有的情
凝于文字

无数的章节
要怎样一段段记叙
是否,可以把夏天写成相逢
把冬天写成离去

曾经,如此爱着
那么小心翼翼
每一个日出日落
每一次微笑与叹息

季节加入青色
才会发现春天般的美丽
灵魂静守安宁
纸笺上流淌着暖心的文字

一个女人的笔下
爱，永远不会老去
一字桃花，诗意千寻
明天，梦里

夕 阳

日落沧海看夕阳
万丈霞光谱辉煌
轻叹美景难留住
只因月色要锋芒

第十四辑

故乡,遗失的蓝天

从小生长在北京,那里有蓝天白云,绿树城墙,古色古香的胡同,四合院,还有伴随着清晨枝头上的鸟鸣,以及小伙伴们一起在院子里玩耍的欢笑声……所有这些,都铭刻在我的脑海里,成为我儿时最美好的回忆。

那时,蓝天就在头顶上,雨来了,下雨;雪来了,飘雪。而当雨雪过后,看到的依然是蓝蓝的天,完全不会去担心:我们的蓝天去哪儿了?那片蓝就在故乡的天空上,在那浓得化不开的云朵上,在每一根细草间,在每一块砖瓦的缝隙里。就是那蓝色的天哦,映衬着群山,映衬着湖面,映衬着屋脊,映衬着花园,映衬着我的故乡,还有母亲那张慈祥的脸。

不知从哪天起,故乡的蓝天寂静地消失了,就像我一样,离开了故乡的怀抱,离开了母亲的温暖。

从故乡走出去,才懂得什么是漂泊,也许今生我注定是要漂泊了,生活在陌生的环境里,使用着另一种语言。久而久之,心也随着一点点被融化,被异国的风、异国的水。可是不管怎样,这里的风太轻,承载不了我厚重的乡情;这里的水太净，一滴相思，梦里寻影。是的，我终不是水上的浮萍，无根依旧从容。我想，我还是那棵老树上的叶，叶落总要归根。

昨晚，做了这样一个梦，梦见自己乘上一朵白云，一路北飘，将我和这里的蓝天一起带回了北京。

文字里开出思念的花

今晚,在文字里静坐,用相思煮一壶清茶,只想,与远方的你浅斟慢饮,隔着那山,那水,那光阴。

轻敲着深深浅浅的文字,留一汪清水给自己,一些经年的过往,回眸处,也会在记忆的梗上开出淡淡的花。皎洁的月光,一抹羞涩隐藏在树隙里,谁的温柔撒落了一地呢喃?文字间的感动,仿若缥缈的风、缠绵的雨,那些值得回味的片段,恰如雨滴下的花红,又落入了谁的指尖?掌心轻握,灵魂在静怡的暮色里徜徉,那份轻叩轩窗的思念,躲进寂寥的云烟,伴我红袖添香。月光划破午夜的寒凉,一纸惆怅,写不尽庭院里满园的花香。于是,我的笔,开始跋山涉水,让冬天的梅在阳光下怒放,把春天的一树桃红纳入诗行。

如水的夜晚,我在纸笺上描摹诗情画意,思念绕过忧伤的河,渡成了一阕阕水墨丹青。我用薄凉的文字牵挂着你,把叶子的平静和花草的芳香写成时光中的最暖,守着寂寞,温着你的名字。

若文字可以相依,我愿静静地坐在这里,等待沉淀的心事开出一朵朵安恬的花,美丽我,芬芳你!

做一个淡泊的女子

春日的午后,阳光总是暖暖的,独自倚坐在轩窗前,看庭院里的几朵花开,偶尔见有蝴蝶萦绕,心中便会暗生淡淡的喜欢。沏上一杯香茗,读一本好书,思绪又会被那故事里的情节所渲染,淡淡的清愁油然而生。

或许,光阴的每一寸片段,都叙述着一曲云水诗意,时而春花秋月,时而逝水沉香,那些走过的繁华与寂寞,只在一份淡淡的忧伤中化作满眸晶莹。

一直想做一个淡泊的女子,淡泊世俗,淡泊名利,安然行走于红尘。素素的穿衣,淡淡的起居,化淡淡的妆,写淡淡的文字。

任日月如梭,花飞叶落,采撷年华里的香韵妥帖地安放,捻一抹指尖的柔情,融入深深浅浅的文字里,温暖着曾经的记忆。

做一朵素白的莲花,圣洁,高雅,出污泥而不染,孑立于盈盈湖水之上,与一片绿叶对望,清守于心。

在纷杂的尘世烟火里,静品光阴之静美,握一缕淡淡的清风,用微笑挽成生命的花蕾,慎重地别在岁月的枝头,等待季节的春暖花开。

剪一段安恬的时光,把心归于平静,伴随着流转的日出日落、花开花谢,在温婉的旋律中与岁月一起慢慢变老。

等待一场雨

我居住的城市天气是极好的，天空中总是挂着蓝天和白云，于是，心里就一直期盼一场雨，可能，只是为了改变一下心情吧。

每天，都会走过威尔斯利那座白色的桥，桥下是静静的流水，一弯清澈里，可以看到自由自在游动的小鱼，岸边还有各色叫不出名字的花儿，一年四季就那么开着。虽然，只是一处不起眼的风景，但一眼望去，还是会让人感到心旷神怡。抬起头，眼前的云依然是白白的，一朵一朵悠闲地移动着，真是没有一点雨的影子呀，看来今天又让我失望了。

其实，很多时候，我们不需要天气的变化，一样可以改变自己的心情。

回到家，跑到楼上的卧室，打开衣柜，五颜六色的衣服瞬间映入眼帘，虽然颜色多样，但一点也不花团锦簇，粉色的、白色的、格子的、条纹的……却极少有花色的，总是觉得花色图案过于张扬，不符合我的性格，所以，潜意识里是拒绝的，或许，还是因为骨子里喜欢安静胜过繁华吧。一会儿的工夫，我便翻出了多年前最喜欢的一套粉红色运动装，仔细地穿在身上，对着镜子反复地照着自己，只想找回少女时代的那份青春活力。真的，衣服还是像以前一样漂亮，只是镜子中的我，已经不再是多年前的模样。心里忽然顿感一阵酸楚，是呀，时光已悄悄流转，竟也物是人非了。这世间，有多少爱，还能一见如故？又有多少人，能再见如初？也许，轻轻一个转身，一件旧的衣物就这样随手抛下了，那么，一段旧情是否也能如此轻易放弃。

终是要学会换一种心态，让自己做一个成熟的女人了，即使不再有年轻貌美，依然可以在文字的海洋中沉淀出一纸暗香，宁静优雅，淡然内敛，像一首诗、一幅画，只需懂得的人慢慢去品味和欣赏。

在花红柳绿的春天，请允许我做一个素色的女子。拒绝红尘里的世俗与诱惑，多读一读书，写一些文字，让那颗悸动的心渐渐归于平静，遇到窗外桃花灼灼时，便等待一场雨，来清醒自己。

思念的距离

坐在岁月的末端,听窗外的风沙沙作响,那可是时光的脚步,在季节深处,吹落了一地相思。

只一个转身,便已踏入冬的门楣,往事如雪花飘飞,片片打湿了微凉的心。曾有多少情以一场雪的告白,将浪漫在冬的枝头描绘,又有多少爱若风中的蜡梅,芬芳开谢终无悔。

光阴的青苔,斑驳着年华,何时生活才可以真的慢下来,让那些浮躁的灵魂,于温润中静默。所有曾经的忧伤与美好,也都会在此刻,再一次嫣然盛开。

把日子描摹成一朵花的模样,在一缕薄阳里将明媚轻种。相信,有一种情感不会因为光阴的流转而褪色,经年之后,依然是记忆梗上那枝最美的花。

穿过黎明的清寒,低眉行走于红尘,我愿微笑着,在素笺里研磨岁月的情怀,将生命的丰盈,镌刻成季节的春暖花开。

写安静的文字,沉默在自己的世界里,一切还是这般浅浅,浅浅的期待,浅浅的回忆。其实,此岸,彼岸,真的并不遥远,它隔的只是一个思念的距离……

二月的梦

告别了严寒的冬天、大地的洁白，仿佛一个转身已被光阴抛远，萌动的心念落满时光之笺，心也随着在蓝天下慢慢舒展。

喜欢这个时节，春的帷幕刚刚拉开，一切都是新的模样，风中虽还带有薄薄的凉，但阳光下已感受到了融融的暖，一场朦胧细雨过后，花草树木更是蠢蠢欲动的开始孕育发芽了。

走进二月的门楣，那些冬眠在光阴里的故事，渐渐苏醒。微依轩窗，安静地温一壶清茶，袅娜的茶香，曼妙着一抹悠远的思念，让我再次想起了那个飘雪的日子，还有一个温暖的你。

放牧二月的欢颜，微笑轻漾在唇边，独自行走于陌上，晓风起，枝条翩跹，树上的花蕾也悄悄吐露着浪漫。想来，生命本就是一场等待，等春风绿了北川，等桃花红了南岸，等爱情，在清丽之夜，将天上的月亮填满。

初春，宛若一幅生动的山水画，嫩绿做毡，大雁南返，柳丝绕湖畔，水柔风儿暖，大自然赋予季节新的容颜，迎来的是人们对美好生活的期盼。

　　织一个二月的梦吧，在盈手可握的馨香里，柔软成指间的萦绕，如天空一样的蓝，若花儿一样的灿。随风，在这春天里，放飞梦想，绽放嫣然。

岁月，轻藏

光阴瘦了清寒，心怀暖香，庭院内读书，赏字，寻常烟火中，便多了一份诗意与安详。提笔绘这淡默的流年，仿佛永远有着风月时令，我在其中，望风停花枝，月落珠帘上。

很想，用一束安静的阳光，将日子描摹成春的模样，我从一卷柔软的风里，看忘川的心事，让长长的思念在温暖中悄然绽放。

天青色的心，于时光深处，婉约着一份安稳的美好。总希望，日子能真的慢下来，慢到可以一生只爱一个人，在素年锦时的光阴里，细细品味生活，与你，淡淡而来，淡淡而往。

剪一朵月色，镌刻在季节的画板上，那些走过的，萦怀的，铭记的，都一一在指尖上与灵魂对话。始终相信，岁月可以流走，但季节却从不会被遗忘。

时间一寸一寸滑落，韶华于季风里流淌，独自端坐在窗前，静静地看云，看素素的青花。这素白时光里的安暖，已经长成心灵的宁静，温润着一纸如歌的诗章。

远处，长廊的尽头开了满树的梨花，在微风摇曳的暗影里闪动银色的光亮，正如我把生命中的柔情写进黑白相间的文字里，一段回忆，一缕墨香，哪怕只是一点一滴的悲喜，我都会把它轻轻收藏。

刹那芳华，一世美丽

喜欢对着一个人的山水，静静回忆半卷光阴，将往事煮成清茶，让忘不掉的美好染香文字的诗韵。青春走过，寂寞了年华，恍若有太多念不完的情怀散落在时光里，一次又一次把岁月拉近。

曾几何时，诗人的笔下，美丽，可以让一片云驻足，可以让一缕风停下脚步，可以让天边的飞雪煮了相思，可以让庭前的落花芳香满地，好似一枚春词穿行在花红柳绿间，氤氲着心灵深处的那抹清新。

生命里，昨日枝头的娇艳，依然安静地坐在季节的词上，以花香为序，漫不经心地修炼纤纤身姿，温暖而柔软，在随性中散发着光彩，又在浪漫里隐藏不动声色的含蓄。

走过一路芬芳，穿过如兰缱绻，曾经的繁华，渐渐随着时间的流逝而铅华散尽，所有的途径，仿佛只是一念花开，是一场风景，是岁月赠予我短暂的惊艳。

时光瘦了满怀的心事，那些清婉如水的句子就藏在一朵花间，一片叶子中，一个女子的小世界里。晨晓，薄暮，素颜的女子，当青春一点点褪色，想着花儿初绽时那淡淡的粉红，独守自己的烟火，静开于岁月的城池。

流年的末端，拥着一阕黄昏，听一首意味深长的老歌，任那些华丽的过往在音乐里温存。思绪揉进流淌的旋律中，静守一颗梨花似雪的心，我听出了高山流水，还有那玫瑰花开的声音。

五月的风轻轻吹，我在江南的落英缤纷里寻找与你写过的诗句，想起，最美的年华里，尽情地绽放过，纵使只是刹那芳华，依旧留下一世的美丽。

在冬的深处，妥帖着安然

七月的悉尼，正值冬天，天气微凉，绿色不减，拥着一米阳光，握一份暖意，静静地听风从窗前掠过，轻嗅着风中淡淡的香。

在一个城市居住久了，心性也开始渐渐随着这座城市的节奏而改变，真的是越来越喜欢安静了，喜欢一个人独自看蓝天与白云的缠绵，看蝴蝶绕花舞动翩跹，看一片落叶于掌心的温暖，看生命之美在无声中蔓延。冬日，沐浴着温婉的阳光，将一杯清茶慢慢饮下，口中便会唇齿留香。着一身素衣，浅笑嫣然，笑容优雅而淡定，只是站在那里，仿佛就已是一个春天了。

薄凉的日子里，学会享受阳光，享受风景，安静地生活，安静地思考，安静地看花开花谢。把那些放不下的心心念念，比作是窗前的一树花香，摇曳着风月情长，既美丽了心情，又温柔了岁月。

虽然日子有些单调，却依然明媚清晰，冬的色彩一样可以美到极致。只要心是淡的，淡得如水晶般透明，那么，远山枝头上的雪花，还有风的味道，同样也能柔软了一颗心。

倘若，这世间所有的美好，都是恰逢其时，相信，总会有一种爱，如冬日里的暖阳，于春夏秋冬的轮回中，温暖我轻衣薄衫，让孤独不再历经风霜雨雪。

有些情，只在安静中，将途径折叠成一捧书卷，从往事里细细翻阅，若还能忆起某种香气，而我还能置身其中，便是活出了最美的铭记。用年少的眼眸看过夏花，又该用怎样的心境，去聆听冬日里的长风。

时光终是安宁的，正如露草在大地上微微生长，飞雪在天空中无声地飘，蔷薇隐在屋檐下，一些花朵开在世界最遥远的地方……寂静，就是它们的声音。

我只想，择一处清幽，约好陈香的笔砚，用淡淡的文字，书写季节的感动。暖暖的阳光下，于缄默中与光阴对坐，在冬的深处，妥帖着安然。

玫瑰花香沁书房

记得奶奶生前最钟爱玫瑰花,一年四季鲜花不断,特别是在她的书房里,周恩来总理的遗像前,更是供奉着各色鲜艳的玫瑰花,红,黄,粉,白,煞是诱人。奶奶曾经告诉我,她喜欢玫瑰,是因为它有坚硬的刺,无论怎样的浓艳淡香都掩不住它那独特的风骨。

我的爷爷吴文藻是中国著名的社会学家、历史学家、教育家,爷爷和奶奶早年都是在美国留学和生活,1951年回国后,他们曾居住在北京中央民族学院(现中央民族大学)的宿舍,一座没有任何取暖设施的三层楼房。那个年代,即使冬天,屋里也要穿棉衣,早晨要给炉火添煤。居住条件简陋,生活不便,与国外的优越条件相去甚远。即使这样,他们却从不抱怨,而且一直都过得十分平静。

不大的书房里,书柜上摆满了古今中外的书籍,辞书,名著,以及各种报纸杂志,可谓应有尽有。这样一个艰苦的生活环境,两位老人依然在各自的文化领域辛勤耕耘着。当年,胡耀邦同志已批专款要为他们建栋别墅,然而老人们却提出用这笔钱为中央民族学院的教授们盖一座宿舍楼,后来,还是和大家一起搬进新居。他们的房间里终于有了暖气和客厅,书房中两个对排的写字台整洁的安放在二老对面。每天早晨,阳光透过阳台的玻璃窗,暖暖地照在盛开的玫瑰花上。整个书房氤氲着淡淡的清香,吴作人的熊猫画卷,梁启超的对联"世事沧桑心事定,胸中海域梦中飞"挂在墙壁上……

每次回想起这些,总会让我浮想联翩:两位老人手捧书卷静坐桌前,或是挥笔作文孜孜不倦,默默地在知识的海洋里不断地寻觅着……那简朴整洁的书房,玫瑰花的芳香,都在我一生中留下了永不磨灭的印象。

七 夕

澳洲的春天要来了,中国的七夕也到了,你爱的Ta在哪里?

窗外,蓝天依旧,独自坐在清静的小院里,沐浴着暖暖的阳光,观花红柳绿,抬眼望去,天上有大朵大朵的白云悠闲的飘过,仿佛春天正在慢慢地向我们走来。

其实,每到这个日子,总会让人浮想联翩,想起年轻时的自己,曾经因为有着同样青涩而好奇的目光,与心中的他很快就走在了一起。那时的爱很简单,很单纯,总认为他就是你生命里的另一半了,别无所求。然而,时光流逝,回首几十年的光阴,在爱情的路上,经历了太多的起伏与坎坷,就像这四季人生,冷暖自知。

风,渐渐温和起来,绿意缠绕着枝头在城市蔓延,春天的意境总是最深的。偶见路边几个欢快的女孩谈笑风生地走过,青春可人的模样,像极了年轻时的自己,忽然觉得时光如白驹过隙,竟是如此短暂。远处,一对满头白发的老人,相互搀扶着街头散步,表情是那样平和与慈祥,看得出他们对彼此的爱早已深深地刻在了脸上。

多想,有那么一个人,也可以携手走在岁月的深处,陪你感受春夏秋冬的冷暖,陪你品味一粥一饭的平淡。真正的爱情是什么?它不是用金钱来衡量的,而是一种心灵上的长久陪伴。等我们老的时候,依然还会牵着彼此的手一起看日出日落,依然还会说我爱你。

看,时光多么温柔,浮嚣的尘世,也能喧中生静,静中生幽。所有的繁华,一朝一夕走过,一个情字缠绵成绕指柔,将一份安然的念,妥帖在等待的日子里,没有忧伤,相思成瘦。

七夕,长长的牵挂覆盖着烟火彼岸,太多的记忆,化作一痕春风,再一次轻拂我的脸。

玉兰花

院子里的那一树玉兰花终是开了,心中的喜悦是难以言表的,树旁的小亭吹过阵阵微风,就这么洋洋洒洒地绿了春,催开了含苞待放的玉兰花。

许久未见玉兰树开花了,一大树一大树的,柔媚的粉白色,葱郁在草木之间,偶尔,还会有几只彩色的蝴蝶落在枝头上,时而歇息,时而又翩翩起舞。

眼前的画面是那样的静美,那样的温柔,感觉自己的心此刻也变得软软的。其实,到了这个年龄,本不该再钟爱粉色了,但那一树粉白的玉兰花实在是太吸引人的眼眸,它会让你想到春天里的一封情书,或是童话世界里的白雪公主。

春日里,有这一院子的玉兰花陪伴,让自己有了一份好心情,哪怕将来它会枯萎凋谢,我也愿将它们的花瓣一片片拾起,夹进我的日记里,留下这个春天最温馨美好的回忆。

陪伴奶奶最后的日子里

中国首都北京著名的长安街和东单公园，毗邻着一座现代化的综合医院——北京医院，院内部分承担着外宾及高干的医疗保健任务。院墙里围起的高大洁白建筑群，看上去格外壮观与祥和，绿树成荫，百花盛开，给人们带来无限的幽静和一种慰藉平安的遐想。奶奶生病期间就住在这里，明亮宽敞的病房，先进的医疗设备，舒适整洁的环境，加之，当年邓颖超奶奶让秘书赵伟从中南海西花厅院内摘来的海棠花的点缀，伴着淡淡的花香，真的令人心旷神怡，夸张地说，这一切让奶奶的病情好了一半。

我是家中第三代五个孩子里唯一的女孩，所以，为了方便，非常有幸，那一年安排我在奶奶生病期间陪伴和照顾她的起居生活，每天近距离地陪在她左右，感受着浓浓的亲情，聆听着她的谆谆教诲。

病房里，阳光下，我坐在奶奶身边，陪她一起晒太阳，然后为她轻轻地梳理稀疏灰白的头发，奶奶总是用那双温暖的手抚摸着我的脸。

每天早晚我都会为她用温水擦脸擦身,她也会疼爱地亲一亲我的额头。陪奶奶聊天的时候她告诉我,早年在美国,她是如何学习和与人交往的,如何适应国外的生活学习环境等等,举了很多自己的实例,还把她在美国威尔斯利大学留学时的英文名字 Margaret 赠给了我,真是让我感动不已!在那个年代,老人对自己的孩子并没有太多金钱的给予,只有亲情和爱,还有支持与鼓励的话语,那已足以让我备感幸福和亲切。

我们祖孙聊天,她最爱给我讲她小时候的故事,高兴了还会拉起我的手,像个孩子一样。从她那深邃的眼神中,我仿佛看到了她的内心世界里装的那满满的爱。奶奶还告诉我说,有朋友来家做客时,看到她书柜中摆着一张我在澳洲留学时的照片,便夸说,这么漂亮的姑娘是谁呀?奶奶笑答:"这是我的孙女,在澳洲留学。"人家都说我长得像她,奶奶很是得意。奶奶偶尔还会用英文和我聊上几句,说看看我的英语学得有什么进步。她的英文真的是好极了,无论是发音还是词汇量,都不得不让人从心里佩服。

白天在病房里,奶奶经常会躺在床上自己看一些书,如果累了,就让我帮她念,她闭着眼睛听。休息时,我推着她坐在轮椅上漫步在病房的通道里,观赏各色花卉和绿植,享受着大自然给予人类的爱,奶奶曾经说过:有了爱就有了一切!是啊,我要用我的爱陪伴她,尽早驱走病魔,早日恢复身体健康。

光阴似箭，我不能久留在她身边尽孝道，只能按时返回澳洲，我们约定来年再相聚。时隔一年，我在澳洲分娩，1999年2月28日，接到父亲从北京打来的越洋电话，他告诉我，奶奶离开了我们。我的泪水瞬间而下，若不是小孩儿刚出生，我会立即返京奔丧。父亲也阻止了我们，之后我随妈妈找到《人民日报》海外版驻悉尼办事处发去了挽联。我和母亲站在家中，手持鲜红的玫瑰，面向东方寄托我们的哀思。苍天有眼，一定会带去我们的祈福，奶奶您一路走好！请放心，您的第四代，正在健康成长，我们都会继承您的遗愿，做祖国的栋梁之才。

奶奶是我一生的榜样，我会永远铭记这段幸福时光，并像她一样，在文化知识的海洋里光荣绽放。

跋 为女儿诗集点赞

陈凌霞

春光明媚,百花盛开,走进学苑出版社顿时心扉大开。典雅的文化氛围,令我这个资深"九三"人激动不已。学苑出版社作品层出,种类多,图书很有特色。

我是个喜欢读书、勤于试笔的人,中学时期就在《北京日报》《北京晚报》发表短文,得到当时文学老师王冠正老师的夸奖,他时常在课堂读我的文章做范文,并鼓励我一定要上北京大学中文系。然而因家庭姐妹多,条件比较困难,我没能有机会上大学,却走进了食宿全包的协和医院护士学校。之后,我开始向中国医学科学院、协和医院院刊投稿,并不断得到奖励,成为该刊的特约通讯员、记者。毕业后,我考取了北京电视大学中文系和北京协和医科大学专业班,毕业后从事健康教育及全国心血管病防治研究宣传、管理工作。之后还获得了高级职称,成为《健康报》《科技报》《光明日报》《北京日报》《北京晚报》以及北京电视台等新闻媒体的特约通讯员、记者等。

至今，我虽年逾古稀，仍然敏悉周围环境，喜欢用简短的文字抒发情志。旅澳期间，我还试投一稿，不意获了奖。偶尔回北京，或者参加同学聚会，突发欢乐与悲伤之情时，我都会有感而作，一气呵成。

在澳大利亚悉尼城，满眼都是蔚蓝的天空，飘浮的白云，绿树成排，嫩草茵茵，鲜花盛开，有如置身于一幅美丽的画卷中……悉尼歌剧院扬起的风帆中弧尖耸，洁白晶莹，有如绽开的贝壳，又像是水面上一支硕大的睡莲……达令港内梧桐婆娑，多处水池流水深深，造型各异的喷泉美不胜收。著名的海港大桥，远望像一个大衣架，将被杰克逊湾一分为二的悉尼两岸连为一体。这座令人向往、宜居的城市，吸引着世界各地成千上万的游人。

我还喜欢写写诗歌，总共有三百余首，算是自娱自乐吧。

写天气：

北京入夏悉尼冷，季节相反两座城。

鲜花盛开单衫短，落叶当衣刚入冬。

写观海之感：

遥望无边大海洋，城市好似在水上。

天水相连无边际，小人何须自猖狂。

写观花之乐：

一树红花最为俏，周围花朵为她笑。

粉黄白紫同绽放，人间美景真奇妙。

写观雨之情：

雨滴挂在高松上，晶莹剔透像珍珠。

阳光照射爀发亮，晨光美景独一处。

……

我对美好生活的赞美，深深感染了我的女儿吴江（即玛格丽特）。吴江是她奶奶冰心特地赠给她的学名。她在我的鼓励下开始练习写作，一开始，每个字、每个词、每段语句都念给我听，并共同切磋，我为她修改、点评，随着时间的流逝，她通过自己的刻苦努力，不断进取，诗文进入了正规且一发不可收。她那动情、贴切、优美的诗句不断受到人们的喜爱和赞美，并经常被收入散文吧和散文网等网站并在首页推荐。有时我也会被她的诗文感动得流下热泪。这就是作者的情感投入达到了她所期望的效果，作者与

作者玛格丽特与奶奶冰心

读者的默契犹如盐融于水，品尝到却捞不出来。有人说这是遗传基因带来的成果，我认为这只是一点先天的条件，更重要的是立下目标，不断刻苦努力攀登，成绩才是最好的见证。

加入九三学社几十年，使我得到了锻炼，实现了人生价值，结识了许多有识之才、各界精英，让我受益匪浅，也让我为九三学社在组织建设、人才推荐方面做了一点微薄的贡献。如：经我推荐的委员有的人当选全国政协常委、北京市政协委员、区人大常委、市委常委、市委委员及各专业委员会委员等。我也曾获得北京市统战系统先进个人、优秀社务工作者、优秀社员等荣誉。

感谢九三市委对我的信任和厚爱。文字最能表达人类对大自然的热爱，对美好生活的向往，对至善至美的最大传承。我在九三学社这个大家庭里感到无比的幸福和自豪，也为我女儿所取得的成绩感到欣慰和满足。女儿说：她这一切都是开始，今后的路还很漫长，还要不断努力学习、提高、加油。女儿现在已是青出于蓝而胜于蓝了，我为女儿点赞！

2017 年 4 月 10 日

图书在版编目（CIP）数据

玛格丽特诗文集／玛格丽特著．—北京：学苑出版社，2017.10（2017.11重印）（2018.3重印）
 ISBN 978-7-5077-5295-3

Ⅰ．①玛…　Ⅱ．①玛…　Ⅲ．①诗集—中国—当代②散文集—中国—当代　Ⅳ．① I217.2

中国版本图书馆CIP数据核字（2017）第201449号

出 版 人：	孟　白
责任编辑：	李　耕　徐志琴
特约编辑：	朱文婷
出版发行：	学苑出版社
社　　址：	北京市丰台区南方庄2号院1号楼
邮政编码：	100079
网　　址：	www.book001.com
电子信箱：	xueyuanpress@163.com
联系电话：	010-67601101（营销部）、010-67603091（总编室）
经　　销：	全国新华书店
印 刷 厂：	北京京华虎彩印刷有限公司
开本尺寸：	880×1230　1/32
印　　张：	10.5
字　　数：	220千字
版　　次：	2017年10月第1版
印　　次：	2018年3月第3次印刷
定　　价：	38.00元